Retour vers le passé

Charles Kalvan

Retour vers le passé

Roman

LE LYS BLEU
ÉDITIONS

ISBN : 979-10-377-3736-6

Je déambulais dans cette grande demeure que je venais d'acheter. Dans toutes les pièces, les cartons, les meubles encombraient le passage. Je flânais à travers cette maison regardant avec découragement les boites éparses. De temps en temps, j'en déballais une, me demandant parfois ce qu'elle contenait. Je retrouvais mes affaires avec surprise à chaque carton ouvert :

— Ah oui ! Je l'avais oublié celui-là. Où bien vais-je pouvoir le mettre ?

Les déménageurs finirent de poser les meubles et partirent avant l'heure du déjeuner. Dans la cuisine, je fouillai quelques emballages dans l'espoir de faire un repas rapide. La cuisine donnait sur le couloir qui menait à l'entrée puis sur le salon. Cette cuisine, exposée au nord, était agrémentée de la seule porte-fenêtre de la maison et elle ne suffisait pas à l'éclairer convenablement. J'ouvris quelques boites de conserve, des biscottes et du vin et m'installai sur la table centrale. Tout en mâchonnant ma tartine de pâté, je regardais l'intérieur en détail et remarquais les besoins d'entretien de celle-ci : la peinture des huisseries et des fenêtres s'écaillait et le parquet de l'entrée manquait de cire. Puis, j'écoutais le silence autour de moi. Je ne percevais aucun son venant de l'extérieur. Aucun bruit d'autos ou de scooters ne perturbait ma retraite.

Après ce frugal repas, j'allai dans le salon et sortis les livres du premier carton venu pour les placer dans les étagères. Je commençais ainsi ma journée d'emménagement et le soir, je m'installai dans cette chambre au plafond haut, comme l'ont toutes les vieilles demeures. Je n'étais pas tout à fait chez moi et une sensation de malaise m'envahit cette première nuit.

Le lendemain, le ciel bleu m'invita à prendre le petit déjeuner sur la terrasse. De là, je pouvais observer les goélands planer au-dessus de la mer. Dans ce lieu tranquille où seule la brise faisait bruisser les feuilles, je me sentais bien. Je dégustais ainsi mes tartines tout en suivant des yeux un cormoran prêt à plonger.

Je me souvins de l'agent immobilier qui me fit visiter cette demeure. Il m'avait proposé de m'accompagner dans sa voiture afin de parler de la maison pendant le trajet. Quand j'ouvris la portière, un tas de papier divers encombrait le siège. Il les rassembla pour les jeter sur la banquette arrière en s'excusant de ne pas avoir eu le temps de faire le ménage. Je remarquai que celui-ci devait être très rarement fait. Des prospectus par-dessus le tableau de bord, dont la poussière qui couvrait le tout prouvait un nettoyage peu fréquent. La voiture sentait le tabac froid et cette odeur me prit le nez dès que je m'installai. Des mégots débordaient du cendrier ouvert. À peine assis, il attrapa un paquet dans le vide-poche et me proposa une cigarette que je refusai. Je compris alors pourquoi il tenait à m'accompagner, ne pouvant fumer ni à l'agence ni dans ma voiture. Il avait terminé sa visite sur cette terrasse en me débitant ses arguments que j'écoutais à peine, mais l'agent connaissait son métier. Ce lieu ensoleillé et à la vue imprenable représentait la propriété à lui seul. Je ne mis pas plusieurs jours à réfléchir et je signai le compromis de vente aussitôt revenu à l'agence. Pourtant, ce côté de la maison était le plus exposé aux vents d'hiver et à la pluie et je profitais des derniers moments avant l'automne.

En achetant la villa, je voulus bien prendre les tapisseries aux murs ainsi que quelques meubles que la famille ne désirait pas. Ces tentures devaient être acquises depuis bien longtemps et constituaient, me semblait-il, l'âme de ce manoir. Je pris aussi quelques peintures à l'huile, représentant surement des portraits de quelques aïeux de la famille. Ces hommes d'une autre époque, au costume noir et au visage le plus sévère possible, tenaient certainement à rester chez eux.

Je mis plusieurs jours à déménager le plus gros et un mois ou deux pour terminer. Sans me presser, car je voulus profiter des derniers jours d'été pour me promener dans le parc. Un sentier parcourait en ligne droite un jardin à la française, puis bifurquait soudainement pour glisser en zigzags à travers les pins parasols qui bordaient la falaise. Au fond du jardin, deux remises, côte à côte, renfermaient des outils de jardinage. L'une d'elles était fermée par un gros cadenas et personne ne possédait les clefs. J'avais bien tenté de donner des coups de pied dans la porte, mais sans résultat. Seules la femme de chambre et la bonne, en tant qu'anciennes employées, auraient pu avoir les clefs. Je me promis de chercher dans mon bureau en pensant qu'elles pourraient être dans un tiroir quelconque.

L'agent immobilier me communiqua la liste du personnel qui travaillait ici. Je fis venir la bonne et le jardinier ou plutôt l'homme à tout faire. D'autres personnes avaient travaillé ici, mais ils avaient trouvé une place ailleurs dès la mise en vente de la maison. Le jardinier prit possession de la petite maison au bout du parc. La bonne avait son appartement au dernier étage de la maison.

L'agent immobilier, cet homme à la poigne molle et à la chevalière à la mode des années 70, m'avait détaillé la vie éprouvée des anciens locataires du lieu, qui vendirent cette maison pour oublier leurs malheurs. En faisant le tour du propriétaire, lors de la visite, il me conduisit au bord de la falaise et me désigna un point particulier de celle-ci :

— Regardez ! dit-il. C'est ici que le monsieur de Panisa est tombé. Vous voyez les traces d'éboulement ? Il a dû s'approcher un peu trop près du bord pour regarder la mer et la terre s'est dérobée sous ses pieds.

— Avait-il des héritiers ? demandai-je.

— Une seule fille qui n'a pas voulu de la maison et qui est partie vivre à Saint-Tropez.

— Endroit propice à l'oubli, je présume, pensai-je.

Au pied de la falaise, coincé entre les rochers, une crique minuscule de sable blanc et que la haute mer recouvrait faisait face à l'océan. Je remarquai un petit sentier escarpé permettant d'y accéder.

— Qu'y a-t-il à Saint-Tropez de plus qu'ici ? pensai-je en regardant ma petite plage privative.

Béatrice, la bonne, me servait mon diner sur la terrasse où j'aimais profiter de la douceur du soir que cette région offrait pendant les mois chauds de l'été.

— Monsieur a raison de garder les meubles et les tableaux de notre maitre. J'ai l'impression qu'il est toujours là, dit-elle en déposant mon repas sur la table.

Cette réflexion me laissait croire qu'il était bon maitre et que je n'allais pas tarder à être jugé à mon tour.

Dans l'après-midi, à marée basse, je descendais à la crique pour m'y baigner et j'en profitais jusqu'à la fin du mois de septembre, tant il était beau. Mais dès octobre, la pluie et le vent remplacèrent les chaudes journées de cet été indien. Je me repliai dans la salle à manger pour prendre mes repas. Le vent de l'ouest, accompagné de pluies abondantes, s'insinuait dans les menuiseries des fenêtres en un souffle fantomatique.

— Quel temps lugubre ! me dit Béatrice en m'apportant une infusion. Ce sifflement, on croirait que la maison est hantée.

— C'est ma foi vrai, répondis-je en écoutant le vent s'infiltrer dans la maison. Il faudra vérifier l'étanchéité des fenêtres.

— Le vent souffle fort, j'espère qu'il ne va pas abimer la falaise.

En entendant ceci, j'eus un coup au cœur. Me serai-je fait avoir en achetant cette maison ? Serait-elle condamnée par un terrain sans cesse en recul par rapport à l'océan ? Je voulus me rassurer auprès de ma bonne :

— La mer abime-t-elle souvent la falaise ?

— Rarement, monsieur, même quand les vents sont forts comme ce soir.

Cette réponse me convenait à moitié à cause de l'adverbe « rarement ». C'est donc que la falaise pouvait être rongée par les éléments déchainés. Ce qui me faisait douter de la motivation réelle de la vente. Cependant, la côte étant assez éloignée, j'avais le temps de voir venir. J'en profitais pour en savoir davantage sur les anciens propriétaires :

— Votre ancien maitre vivait-il seul ?

Elle me répondit que veuf depuis de nombreuses années, il habitait seul avec sa fille. Je n'eus pas pris la peine de poser d'autres questions, car la première lui servit de tremplin à un monologue prolifique. J'appris donc que cette fille unique tomba amoureuse du jardinier qui travaillait ici et que le père, hostile à leur mariage, provoquait souvent des querelles entre elle et lui. Elle faisait ses études à Bordeaux et le weekend, elle le rejoignait dans la maison au bout du parc. Béatrice me racontait la solitude de ce père dont la mort brutale arrangea les affaires de notre couple illégitime. Elle trouva donc le réconfort dans les bras de son amant. Puis, attristée par le décès de son père, et des querelles non résolues, elle préféra vendre la villa et elle partit avec le jardinier. Je lui demandai pourquoi à Saint-Tropez, mais elle eut un haussement d'épaules pour me signifier son ignorance.

L'achat de cette demeure intervint après la séparation avec ma femme. Je possédais assez d'argent pour vivre en rentier. Seulement, après quelques mois de solitude dans cette maison, je me demandais si mon choix fut le bon. Éloigné de toute vie, perdu entre campagne et mer, j'avais choisi l'isolement, le reclus, comme si une vie retranchée avait pu m'apporter le réconfort dont j'avais besoin. Au fur et à mesure que les jours passaient, l'ennui et la mélancolie me gagnaient. Après avoir erré dans les pièces moyenâgeuses de cette maison, l'inactivité appelait l'oisiveté. Il m'arrivait de rester de longues minutes, étendu sur le fauteuil du salon, regardant la mer, laissant mes pensées vagabonder d'elles-mêmes. La morosité fait appel à un système récursif lent et impitoyable. Je me persuadais que mon temps perdu, mes réflexions sans fil, ne pouvait être que propice à l'écriture. Je me forçais presque à ouvrir mon ordinateur sans dépasser deux lignes dans mon traitement de texte. J'accusais l'inévitable et systématique barrière de la page blanche, mais sans en être convaincu tout à fait. Béatrice me sortait de ma léthargie en m'apportant une infusion ou un encas au cours de la journée. Elle en profitait pour glisser une conversation à laquelle je n'avais pas envie de prendre part. Dans mon fauteuil, face à la mer, je me rendais compte que j'avais perdu l'amour et mes enfants. Quant aux centaines de kilomètres qui m'éloignaient de mes amis, ils m'enfonçaient dans cette inexorable solitude. La neurasthénie me gagnait. Devant mon ordinateur, je naviguais alors sur internet qui a l'avantage chronophage de s'y perdre à ne rien faire. L'hiver qui s'installait, le vent qui hurlait à travers les fenêtres, les nuages gris assombrissant le ciel m'enlevaient toute envie de sortir et je restais perclus dans la maison.

Ma séparation avec ma femme remontait au début de printemps. J'avais passé l'été en une fausse insouciance, libéré d'un poids familial. J'avais profité de la mer et des promenades champêtres, bercé par l'illusion de la liberté retrouvée. Je me rendais compte maintenant du piège de la solitude dans cette retraite isolée. Je m'étais moi-même enterré physiquement et affectivement. En regardant l'océan déchainé, debout derrière la fenêtre, je me disais que j'aimerais retrouver l'amour. Un amour, dont seule la jeunesse possède le droit. Cet amour fou qui donne l'impression du bonheur éternel, un amour pur dans les bras d'une jeune fille fraiche et innocente, mais ce temps-là était fini pour moi. J'avais eu ma chance comme tous les jeunes gens. Et maintenant, j'aimerais avoir le pouvoir de tout recommencer. Cette idée me rendait encore plus nostalgique. Je n'avais gagné, avec ce mariage et enfin cette séparation, qu'un pathétique gâchis. Vingt années de vie commune, de projets et de constructions mis à néant en quelques mois. Toute une vie jetée aux orties, inutilement, et je ne pouvais rien faire pour revenir en arrière. Alors, qu'allais-je faire de ce qui me restait à vivre ? Pleurer sur mon sort ou accepter de continuer en solitaire, comme un fantôme errant. Allais-je hanter cette demeure jusqu'à une libération hypothétique qui sonnerait le glas de mon errance des limbes de l'oubli et me délivrerait définitivement ? Quelle jeune fille, à l'aube de sa vie de femme, pleine d'espérance et de désir voudrait d'un homme dont les symptômes liés à l'âge lui rappellent qu'il vieillit de jour en jour ?

Je partais au village le plus proche et achetais fréquemment des livres dans lesquels je me plongeais jusque tard dans la nuit. L'informatique, la lecture : les méthodes fallacieuses pour tromper cette solitude me pesaient. À de rares moments, je réussissais à écrire quelques lignes. On dit souvent que les écrivains profitent de ces moments douloureux de la vie pour écrire comme un remède exutoire, un chef-d'œuvre intemporel. Peut-être n'étais-je pas écrivain, mais seulement quelqu'un qui écrivait à peine.

J'avais un bureau à l'entrée de la maison, face au salon, séparé par le hall d'entrée, et pensais y travailler, mais je transportais mon ordinateur portable et mes affaires pour m'installer sur la table de la salle à manger. Je me sentais mieux près du feu et moins isolé que dans le bureau. La salle à manger et le salon n'étaient séparés que par un canapé en cuir. Des tapis aux motifs orientaux recouvraient le parquet de chêne. Devant la cheminée, placée entre deux fenêtres, j'avais installé ma table de travail. Aux murs, de nombreuses tentures évoquant des scènes moyenâgeuses aux couleurs délavées pendaient sur tous les pans de la pièce.

Béatrice faisait souvent irruption dans le salon, prétextant je ne sais quelle tâche pour aborder une discussion avec moi. Seulement, les sujets qu'elle tentait de lancer étaient tellement futiles que je lui répondais à peine. Très vite découragée, elle partait, mais revenait à la charge plus tard dans la journée. Elle m'apportait ponctuellement quelques collations différentes selon les heures de la journée. Je profitai de ce qu'elle déposa le plateau sur la table pour l'observer un peu. Elle se teignait les cheveux en blond, mais pas assez régulièrement pour ne pas deviner une racine tirant sur le gris. Elle se permettait de se peindre les ongles rouge vif, mais heureusement, ne mettait rien sur ses lèvres. Sa présence un peu obsédante et de peur d'un jugement m'obligeait à écrire plutôt qu'à m'évader sur la toile internet. Pourtant souvent, j'appuyais le menton sur le coude posé sur la table et je restais pensif devant une page à moitié vide, sans savoir si la cause venait d'un manque d'inspiration ou de la mélancolie qui m'habitait. Quand, à travers des carreaux, je voyais le jardinier travailler, je sortais alors pour le saluer. Cela me faisait passer un moment agréable, car il aimait le jardinage et pouvait discourir longuement sur sa passion. Il me dévoilait sans peine ses « trucs » pour stopper telle maladie, pour tailler correctement un arbuste ou encore quelle lune convenait mieux à la plantation de tel légume. Je pensais prendre note de ses connaissances, mais j'oubliais à chaque fois. Il était une mine d'or sur l'art du jardinage. Très fier de lui, il me montrait alors son travail, pestant contre les maladresses de son prédécesseur en l'accusant d'incompétence. Si par hasard, il était à court de discussion, il suffisait de le conforter dans ses qualités pour lui regonfler la poitrine. Il repartait de plus belle. Il n'était pas difficile de le contenter et agréable de le faire, car il avait l'art de rendre passionnante l'exposition de son érudition. Je me demandais si je pouvais exploiter ses connaissances pour un roman policier ayant pour décor, le monde du jardinage. Cependant, l'art de la plantation ne constituait pas le seul motif de son orgueil puisqu'il se rengorgeait de même pour tous les travaux de bricolage qu'il réalisait. Il le faisait pourtant sans prétention, mais avec une naturelle simplicité. Il ne voulait jamais se montrer supérieur, mais évoquait ses « trucs » par le seul besoin de se savoir compétent. D'ailleurs, Béatrice ne manquait jamais de vanter auprès de moi ses qualités professionnelles.

Dans le salon, comme dans toutes les pièces, des tableaux peints à l'huile dans le style Delatour ornaient les murs. Des portraits de personnes à l'allure stricte. Des hommes engoncés dans quelques fraises ou collerettes du XVIIIe siècle, l'œil me fixant de manière intransigeante, m'observaient passer dans les couloirs. Celui de ma chambre, plus récent, représentait celui du propriétaire malheureux. Tout aussi strict que les autres, il me jugeait d'un regard terrifiant d'où que je sois dans la pièce. Dans cette chambre dans laquelle je passais mes soirées à lire dans un lit à baldaquin, j'entendais craquer les boiseries qui travaillaient, et de mon lit, son courroux me troublait jusqu'à ce que la nuit envahisse la chambre. Quand, allongé, un livre à la main, mes yeux se posaient sur cette peinture, j'avais l'impression, à force de le fixer, que son visage bougeait. Je me forçais à reprendre alors ma lecture, mais cette figure m'obsédait et j'avais du mal à suivre le récit. Je pensais à le remplacer par un paysage plus sympathique et à accrocher dans le couloir, ce portrait entêtant.

Parmi les peintures aux murs et les tapisseries, je me transportais mentalement au Moyen Âge. Les scènes autour de moi me semblaient presque vivantes : le paysan poussant sa charrue, la bergère filant la laine, les chevaliers en armes au pied du château. Tout cet univers m'entourait depuis l'acquisition de la maison et tous ses personnages devenaient mes compagnons de tous les jours. En m'asseyant dans le fauteuil du salon, ces personnages délavés par le temps semblaient, à force, vouloir s'animer autour de moi. Béatrice m'arrachait parfois à mes contemplations pour m'avertir de l'heure du souper.

La solitude me pesait plus que je ne l'aurais voulu, et le vent d'hiver qui frappait à mes carreaux augmentait cette impression. Un jour que Béatrice m'apporta le thé, je m'enquerrai auprès d'elle au sujet de l'ancien propriétaire puisqu'elle était à son service. Je l'interrogeai aussi à propos de toutes ces tapisseries au mur. Elle me répondit qu'il les achetait à des antiquaires, sauf les portraits qui représentaient tous des membres de la famille et qu'un peintre attitré réalisa tous ceux que l'on pouvait trouver dans la maison. Je lui fis remarquer le gout moyenâgeux de la décoration intérieure ce qu'elle ne put que constater. Quant à ses occupations, monsieur de Panisa, puisque c'était son nom, vivait de ses rentes que quelques placements lui avaient procurées. Béatrice m'expliqua qu'il aimait bricoler et qu'il passait la plupart de son temps dans l'atelier qui jouxtait la maison du jardinier, ce qui me fit penser que jamais je n'avais visité cette pièce. Je lui demandai des précisions, mais ma bonne ne sut répondre ce qu'il y faisait.

Une certaine langueur rythmait les journées d'un hiver venteux et pluvieux. Béatrice s'occupait autour de moi et donnait un peu de vie. Dehors, le vent arrachait les branches des arbres. Les feuilles tourbillonnaient et se déposaient dans quelques coins du jardin. Je regardais les nuages gris à travers les fenêtres quand l'arrivée impromptue de ma bonne me sortit de mes pensées.

— Ne pensez-vous inviter personne ?

Surpris par cette question je répondis :

— Non, pourquoi ?

— Mais pour la crémaillère.

Elle avait raison, aussitôt mon installation, je n'avais fait que m'enterrer, oubliant certes mon ex-épouse, mais aussi mes amis. Je rejoignis le salon et m'écroulai dans le canapé avec une solitude soudaine et poignante. À moitié allongé, je plongeais dans la nostalgie du passé. Je ne voulus rien manger ce soir et je montais me coucher. La mélancolie me dévorait de nouveau. Je m'affalai sur le lit en fixant dans les yeux monsieur de Panisa, qui de son mur me rendait la politesse. Pour me changer l'esprit et me sortir de ma torpeur, je lisais continuellement. Je m'approvisionnais à la bouquinerie du village et j'avalais livre sur livre. J'allongeai le bras vers ma table de nuit et mes doigts attrapèrent « Le riz et la mousson », livre que j'avais entamé. Il n'était pas très gai, mais les livres ont la vertu du pouvoir d'évasion. En lisant, j'oubliais le quotidien pesant de ma vie. M. de Panisa m'observait encore et par-dessus les pages et j'avais l'impression qu'il me faisait des reproches.

— Ce bouquin ne vous convient-il pas ? demandais-je au portrait. Je ne sais pas quelle littérature vous satisfaisait, mais je prends ce que je trouve et après tout, celle-ci me convient.

Je levais un peu le livre afin de me cacher la vue de ce personnage sévère. Après une longue lecture, les yeux se fermaient d'eux-mêmes, alors, tôt le matin, j'éteignis la lumière.

Je me réveillais toujours de bonne heure, et commençais ma journée en allumant le poste de radio. Les voix qui en sortaient meublaient le vide de ma vie. Devant mon ordinateur, je faisais semblant d'écrire, mais je restais toujours sur une page blanche. Mon premier roman avait été un succès, mais le deuxième, aucun éditeur n'en voulait. J'espérais en faire un troisième, mais celui-ci n'allait, je le sentais, même pas voir le jour. Après avoir raté mon mariage, je ratais ma vie de romancier. J'éteignis l'ordinateur et sortis dans le jardin. Je n'écrirais pas. Je ne pouvais même pas le faire. Finalement, je n'étais capable de rien : ni d'aimer ni de travailler. Mon cœur me pesait et ce vide que je ressentais autour de moi, n'était que la conséquence du fruit de mon incompétence chronique. Je sentis les clefs de ma voiture en mettant les mains dans mes poches, alors je partis au hasard des routes, le cœur lourd du dégout que j'éprouvais à mon égard.

Je conduisais sans radio et le bruit ronronnant du moteur m'enveloppait. La musique aurait pu distraire mes réflexions mélancoliques, mais je ne pensais pas à l'allumer. Je suivais la route qui longeait l'océan sans un coup d'œil pour le paysage. Le gris m'environnait : celui de la mer, celui des rochers et celui du ciel. Je ne regardais pas les mouettes jouant avec le vent. La vie me fatiguait. Tourner le volant ou passer les vitesses me pesait. Je stoppai le long de la route et sortis en direction de la falaise. De toute sa hauteur, je pouvais voir en contrebas les vagues s'écraser sur les rochers. Le bruit lointain du ressac me parvenait à peine. Parfois, les goélands rasaient la paroi avant de s'en éloigner. J'évaluai la distance et regardai les galets tout en bas. J'estimai n'avoir aucune chance de survie si je tombai. Je n'avais plus rien à perdre, tout pleurait autour de moi et j'avais tout perdu. Je me balançais un peu en avant puis en arrière, sans pouvoir me décider. Je me tenais tout au bord, la pointe des pieds dans le vide. Je me balançais un peu plus, mais je n'étais pas prêt à faire le pas, à franchir le point de non-retour à partir duquel on ne peut revenir en arrière. Soudainement, je perdis l'équilibre, j'aurais voulu me retenir, mais c'était trop tard, mes bras battaient désespérément le vide. À ce moment, tout se passa très vite, mais suffisamment lentement pour accepter la mort, puisque je ne pouvais plus rien faire. Je regardai les vagues qui sans se préoccuper de la vie des hommes continuaient à battre les rochers. Ceux-ci grandissaient à une vitesse folle et j'aperçus l'imminence de ma chute. Je ne pus voir la mort en face. Manquai-je de courage, moi qui suis tombé par accident ? Car finalement, je ne voulus pas tomber. Même ma mort, je la ratai. J'accumulai toutes les tares. Ma chute d'un tragi-comique parfait aurait pu servir dans un film de Jerry Lewis. Tout ce que je souhaitais maintenant était de disparaitre totalement. Que mon corps éclate sur les rochers et que les mouettes et les crabes se nourrissent de mon cadavre. J'aurais servi au moins à quelque chose. Je crois que j'eus le temps de mettre mes mains devant mes yeux fermés. J'atteignais donc le fond du ridicule et de la lâcheté. Incapable de voir une fin que je ne voulais pas, je touchais le fond de la couardise. J'aurais pourtant aimé, tel un héros de film, regarder avec courage, cette mort qui m'attendait avec impatience. Je pris conscience de la relative importance du temps. Cette chute, qui devait s'avérer courte, me laissait pourtant le temps de penser à toute sorte de choses : tels notre discussion de la veille et les débats sur la science prenant la place de Dieu. Voulus-je prier et me confesser ? Est-ce pour cela que le temps me semblait long ? Dieu accepterait-il que je vienne à lui ? Cette idée prit une place grandissante et, persuadé de l'exactitude de ce raisonnement, je commençai alors à inventer une prière, puisque je n'en connaissais pas. Après cette courte prière dans laquelle je demandai la bienveillance du tout-puissant face à mes lâchetés, j'attendis la chute. Pourtant, elle ne venait toujours pas et je voulus ouvrir les yeux. Mais, à ce moment, je me sentis comme tiré par le col. À cette nouvelle sensation, je serrai les yeux et les dents davantage. Maintenant, je devrais percuter les rochers aux angles saillants, grouillants de coquillages coupants, mais rien ne se produisit. J'attendis encore un peu, persuadé que le temps anormalement long de cette chute était une véritable épreuve. Mais comme l'impact ne se produisait toujours pas, je dégageais mon bras de ma vue. J'osai entrouvrir les paupières. Quelle ne fut pas ma stupéfaction quand, à la place des rochers et de la mer, le vide m'entourait ! De surprise, j'ouvris totalement mes yeux. Je ne voyais rien à part une espèce de brouillard opaque. Je ne me sentais plus tomber. Le vent ne me sifflait plus aux oreilles. Je n'entendais plus le bruit du ressac. Je ne distinguais plus la falaise. J'étendis lentement les bras devant moi. Je ne ressentais plus la vitesse. Petit à petit, comme sortant de la torpeur qui me paralysait jusqu'alors, j'osai regarder autour de moi. Je ne vis que ce brouillard comme un magma étrange qui m'entourait.

Étais-je tombé ? Étais-je mort ? Était-ce cela le paradis ? Je me tâtais le visage puis les membres et constatais que j'étais entier. Je n'avais aucune égratignure et je ne ressentais aucune douleur. Après que je fus rassuré sur mon compte, je m'intéressai à mon environnement. J'étais toujours allongé, dans la position de ma chute. Je tâtais autour de moi et je ne sentais rien de solide. Il n'y avait ni ciel ni mer. Je baignais dans une atmosphère plus ou moins grise et sans structure. Un magma indéfinissable m'entourait et je semblais flotter. Pourtant, je ne tombais pas. « Est-ce cela la mort ? », pensai-je. Mais je n'eus pas le temps de réfléchir à la question que j'entendis une voix près de moi :

— Bonjour, monsieur.

Je levais la tête et je vis alors une personne que j'avais l'impression de connaitre. Elle se tenait debout dans le vide face à moi et j'étais allongé à ses pieds. Trouvant la situation plutôt déplaisante, je me relevai lentement, comme un cosmonaute le ferait dans l'espace.

— Qui êtes-vous ? demandais-je.

J'observai son visage qui ne m'était pas inconnu.

— Vous ne me reconnaissez pas ? Pourtant, je dors avec vous dans la même chambre.

J'allais protester face à cette ridicule plaisanterie, quand je pus mettre un nom sur le visage du personnage en question.

— Monsieur de Panisa ! Est-ce bien vous ? Mais alors je suis mort. Où est-on ? Au paradis, en enfer ?

— Vous n'êtes nulle part, parce que vous n'êtes pas mort.

— Mais vous ! Vous êtes pourtant mort et si vous êtes devant moi, c'est que je le suis aussi ! m'exclamai-je.

— Je suis mort, et pourtant je suis vivant actuellement, si je puis dire, car « actuellement » ne veut rien dire.

— J'avoue ne pas comprendre. Sommes-nous morts ? demandai-je de manière péremptoire.

— Vous n'êtes pas encore mort puisque vous êtes en train de chuter.

— Expliquez-vous, je vous prie, car je ne peux être en train de tomber en ce moment précis.

Je me demandais si je n'allais pas devenir fou. À moins que ce fût cette personne qui l'était. Monsieur de Panisa devait être surement fragile d'esprit. Mais était-ce bien lui ? Je commençais à douter. Je regardais autour de moi, mais cette impression de brouillard persistait et je flottais bien dans un vide grisâtre.

— Ne vous énervez pas, monsieur, et écoutez-moi attentivement. Je vais essayer de parler d'une manière compréhensible pour vous. Quand vous êtes tombé, je vous ai tiré de votre chute pour vous faire venir à moi.

— Plus ça va, moins je vous comprends. Vous dîtes m'avoir tiré lorsque je tombais. Est-ce bien cela ?

— C'est exactement cela.

— Bien. Admettons ce fait, bien qui demande explication. Mais vous m'avez tiré où ça ?

— Dans la quatrième dimension.

Je le regardais avec des yeux ébahis et je mis à rire, bien que je commençasse à désespérer. Car cette situation inexplicable m'angoissait et je ressentais une certaine oppression.

— Cette histoire est complètement dingue !

Je me mis en colère devant l'incompréhension des évènements et la panique s'empara de moi.

— Vous admettez que vous étiez en train de tomber n'est-ce pas ?

— En effet, dis-je. C'était le seul point sur lequel je pouvais m'accrocher.

— En tombant, votre vitesse d'accélération fut suffisante pour moduler le temps. Vous connaissez la théorie restreinte d'Einstein, n'est-ce pas ?

Je ne répondis pas et devant mon incertitude, il m'expliqua :

— Sur terre, nous vivons dans un espace à trois dimensions. Le temps s'écoule lentement. Mais si l'on voyage dans une fusée par exemple, une autre dimension vient s'ajouter : celle du temps. Ce qui change est la chronologie. Cette notion raide dans la troisième dimension devient flexible dans la quatrième. Il se ploie comme une baguette. Le concept de secondes, d'heures ou de journée ne signifie plus rien. Cette notion est uniquement terrestre. Dans l'espace, elle disparait.

— Mais vous dites que je tombe. Quand m'écraserai-je ?

— Surement jamais. Vous n'êtes plus vraiment sur terre, vous êtes dans la quatrième dimension. N'oubliez pas que je vous ai tiré à moi.

— Je ne comprends pas.

— J'ai profité de cet instant où, en tombant, la vitesse de votre chute vous entrainant momentanément dans la quatrième dimension, pour vous tirer définitivement dans celle-ci. Je me suis servi, comment dirai-je, d'une fenêtre dans l'espace-temps.

— Mais vous-même vous devriez être mort !

— Vous vous référez au temps terrestre. Mais où nous sommes, le temps ne signifie rien. Il suffit de le courber pour, comment dire, revenir en arrière du point de vue du temps terrestre. Moi-même je suis tombé d'une falaise ce qui m'a permis de découvrir cette dimension.

— Mais pourquoi ce brouillard autour de nous ?

— Nous voyageons actuellement à la vitesse de la lumière et nous sommes quelque part dans l'espace-temps. Dans l'espace si vous préférez.

— Mais nous venons tous ici quand nous mourons ? osai-je demander.

— Non, nous avons pu quitter la troisième dimension à cause de notre chute, qui à l'aide de la vitesse nous a facilité l'entrée dans la quatrième.

— Je ne sais pas ce que je préfère, dis-je. Je me demande si je ne préfèrerais pas être mort. Cette situation m'oppresse. Mais si le temps s'arrêtait maintenant, je m'écraserais sur les rochers ?

— Peut-être, s'ils sont toujours là.

— Comment ça ?

— Eh bien, sur terre le temps s'est déroulé rapidement depuis le début de notre discussion. Peut-être, sept-cents ans se sont écoulés depuis.

— Mon Dieu ! J'ai tout perdu ! Qu'est devenue ma maison ?

— Quelle importance ? Puisque vous vouliez mourir.

— Oui, enfin… C'était plutôt un accident, mon pied a glissé.

— Hum ! Ce pied a bien compris ce que vous désiriez. Mais je vois à votre réaction que vous avez apparemment changé d'avis. La mort ne vous intéresse-t-elle plus ?

— Étant donné les circonstances, dis-je, je crois que j'ai besoin encore de réfléchir. La situation évolue.

— Votre discours m'arrange figurez-vous.

— Que voulez-vous dire, demandai-je interloqué.

— Voilà, si en tombant, je vous ai tiré dans cette dimension, c'est pour vous demander un service, car j'ai besoin de vous.

— Mais comment est-ce possible, nous ne nous connaissons pas.

— Maintenant si. Et puis vous avez acheté ma maison et vous dormez dans ma chambre. À ce propos, je n'ai rien contre « Le riz et la mousson », mais j'ai une préférence pour Flaubert.

— Mais comment pouvez-vous savoir ? Vous pouvez m'espionner ? demandai-je en sentant en moi la moutarde me monter au nez.

— Le mot espionnage est un peu fort. Comme j'ai la possibilité d'incurver la courbe du temps, je peux voir « le passé ». Et c'est pour cette raison que je vous demande à l'aide.

— À quel sujet ?

— Je sais que ma mort est passée pour un banal accident et il n'en est rien. J'ai été attiré vers la falaise et on m'a poussé.

— Vous connaissez l’assassin ?

— Bien sûr, puisque comme je vous l’expliquai à l’instant je peux revisiter le passé.

— Je le connais ? demandai-je.

— Non, il s’agit du jardinier.

— Du jardinier ! Celui qui est à mon service ?

— Non le mien, celui qui était au mien. Il est actuellement marié ou sur le point de l’être avec ma fille unique. Ma mort, vous comprenez, permet à ma fille de disposer d’un héritage conséquent. En l’épousant, il peut ainsi en profiter et c’est d’ailleurs ce qui se passe puisqu’ils sont à Saint-Tropez et vivent en pacha. Il a acheté un yacht, « le roi des mers », retenez ce nom ridicule.

— Je ne peux rien contre leur amour. Si vous vouliez que le mari de votre fille n’en profite pas, il fallait la déshériter.

— Mais je n’ai rien contre ça. Ce qui me chagrine, c’est que ce ne soit pas un mariage d’amour. J’ai peur pour ma fille. Car après avoir disposé de ses biens, il pourrait s’en débarrasser à son tour.

— C’est assez sordide.

— Me tuer pour hériter de ma fortune via mon enfant l’est, effectivement.

Je ne répondis rien. Il avait raison. Cet acte criminel odieux révélait parfaitement la mentalité de ce personnage.

— Mais que puis-je faire pour vous ? demandai-je.

— Sauver ma fille.

— Sauver votre fille ? Mais comment ?

— Je n’en sais rien. Pourtant, vous êtes le seul et mon unique espoir. Sauf si le prochain propriétaire de ma maison se jette à son tour par-dessus une falaise, ce qui est peu probable.

— J’en conviens. Mais si je refusais ?

— Je ne peux rien contre votre volonté bien sûr. Je vous demande votre accord du courage et votre détermination.

— C'est beaucoup.

— J'en suis conscient.

Je réfléchis un instant avant d'annoncer :

— Mais si vous pouvez courber le temps, pourquoi ne revenez-vous pas en arrière pour changer le passé ?

— C'est impossible et j'ai essayé. Nous revivons les mêmes choses et nos choix sont les mêmes.

— Mais alors comment pourrai-je revenir en arrière et ne pas me précipiter par-dessus la falaise ?

— Vous ne pouvez pas.

— Mais alors, il n'y a pas d'issues ? Je dois m'écraser sur les rochers et mourir !

En y pensant, mon cœur se mit à se serrer si fort que j'en eus presque la nausée. L'idée d'avoir retardé ma mort allait à l'encontre de ce que j'avais prévu : une fin rapide et sure. Là, elle était longue.

— Il faut éviter que vous mouriez justement.

Ces paroles me rassérénaient et je me sentais plus léger.

— Mais comment pourrais-je éviter l'inévitable ? demandai-je avec une pointe d'inquiétude qui renaissait.

— Au lieu de tomber sur les rochers, nous allons courber le temps pour que votre chute se passe à marée haute, ce qui devrait suffire à vous épargner.

— Je ne peux donc éviter le bouillon.

— J'en suis navré. Mais vous devrez assumer un peu votre choix.

— Évidemment.

Monsieur de Panisa devint flou. Le magma s'agita autour de moi et tout à coup, je sentis le vide, le vent frais sur mon visage et, avec horreur, la mer sous moi. Je réalisai à peine que je sentis les flots glacés pénétrer mes vêtements. Je m'enfonçais dans l'eau froide. J'avais peur de m'écraser sur les rochers et je me débattais pour remonter à la surface. Quand enfin, j'y parvins, les vagues écumantes m'assaillaient et m'entrainaient vers la paroi rocheuse. Le ressac m'engloutissait à son tour et me coupait la respiration. Je nageai comme je pouvais en m'éloignant de la falaise pour ne pas me faire écraser contre elle. Avec effort, je rejoignis un peu le large. La mer, plus calme me laissait du répit. Je vis un peu plus loin une petite plage avec un sentier remontant vers la route. Après quelques minutes de brasses j'y parvins enfin et essoufflé, je me reposais un peu sur le sable. Je regardais en l'air instinctivement pour voir si monsieur de Panisa ne flottait pas au-dessus de moi. Je ne vis que la falaise et les mouettes qui s'amusaient à la frôler. Une fois remis, je me levai et je gravis un sentier qui menait en haut. Je grimpai jusqu'au sommet grelotant et essoufflé par la rude montée. Je me reposai un peu et cherchai des yeux ma voiture. J'avais hâte de revenir chez moi, de me réchauffer et de me remettre de mes émotions devant ma cheminée.

Pendant que je marchais vers la voiture qui devait se trouver un peu plus loin, tremblant dans mes habits détrempés, mes pensées filaient dans ma tête. « Certes, il fut victime d'un assassinat, mais les vivants ne doivent-ils pas se débrouiller tout seuls ? » Cet argument me permettait facilement de me frotter les mains de cette affaire et je sentais au fond de moi que ce n'était pas le bon choix. Me voilà en charge d'une mission pour le moins délicate. Avais-je le droit de refuser, ou plutôt étais-je capable de l'assumer ? Je balayais des yeux les environs et à ma grande stupeur je ne vis plus ma voiture. Elle avait disparu. Je marchai vers la route où je l'avais garé en tâtant mes poches dans l'espoir de sentir en vain mes clefs, persuadé de les avoir oubliées sur le contact. Je courus quelques mètres, quand je ressentis quelque chose d'anormal. Je regardai plus attentivement autour de moi et constatai que le paysage avait changé. Je m'arrêtai ébahi. Là où des champs se succédaient à perte de vue, une futaie s'étalait devant moi.

Tandis que j'avançais, des lapins se dispersaient pour se cacher dans les fourrés environnants. Je me retournai et je reconnus la falaise et l'endroit duquel je me suis jeté. Je cherchai la route, mais à la place, un sentier étroit suivait la lisière de la forêt. Je le parcourus quelques mètres en courant dans un chemin creux effrayant un renard et un chevreuil. Un peu plus loin, l'horizon se dégageait sur quelques petits champs aux délimitations étrangement sinueuses. Dans l'un, de l'orge poussait de manière aléatoire, mélangée à quelques coquelicots et de l'herbe sauvage. Entourés de haies entretenues, ils ne dépassaient pas l'hectare. Je sentis monter en moins une bouffée de chaleur, signe chez moi, d'un sentiment de panique assez prononcé. Les alentours avaient changé. Je ne reconnaissais pas l'endroit où je me trouvais et plus encore, rien ne ressemblait à un paysage familier. Je ne voyais aucun élément qui compose habituellement une nature connue. Tout repère rationnel qui constitue la campagne, comme les champs, les barbelées, les hangars métalliques, les routes ou les poteaux électriques n'existaient pas. Je revins au bord de la falaise où je me tenais avant de tomber afin de constater qu'elle se trouvait bien là. Elle n'avait pas changé. En bas, les mêmes rochers me faisaient signe. Je reculai. Monsieur de Panisa avait dû faire une erreur quelque part. Je pensais être ailleurs, dans un autre lieu, mais la côte familière me prouvait le contraire. Je ressentis alors le besoin de retourner chez moi. Je calculais que j'en avais pour un peu plus d'une heure de marche. Je rejoignis le chemin et le suivi en direction de la maison. En chemin, je regardais surtout l'océan et les rochers. Car si les environs ne ressemblaient à rien de connu, le bord de mer, lui, était resté le même. Je m'accrochais donc, au seul point de repère stable, car la nature me donnait une impression étrange. Je marchais quelques minutes, quand des effluves de fumier me parvinrent aux narines. Cette odeur familière me rassura un peu, car dans ce bouleversement visuel, elle me rappelait quelques souvenirs d'enfance.

Continuant mon chemin, d'autres émanations m'évoquèrent un passé lointain. Entre autres, une odeur de chèvres, une exhalation de senteurs diverses étaient le présage d'une ferme à l'ancienne que j'allais surement rencontrer. Le sentier suivait une nature accidentée qui m'empêchait de voir très loin et j'avais hâte d'atteindre le haut de la colline pour accéder enfin à la ferme et m'adresser aux propriétaires. Et quand je parvins en haut, je ne vis, non pas une ferme, mais un hameau formé de huttes en bois et toits de chaume. Des gamins courraient en criant autour de l'une d'elles, pendant que des adultes discutaient entre eux dans un petit pré. J'eus le réflexe de me cacher derrière un buisson près du chemin. De là, je pus observer plus attentivement. Le vent emportait vers moi des bribes de conversation que je ne pus comprendre. Je fixais avec plus de précision le groupe de personnes et constatais que les habits qu'ils portaient ressemblaient plus à des haillons qu'à des vêtements décents. Ils étaient chaussés pour certains de sabots et pour d'autres, ils marchaient pieds nus dans la terre. Je m'attachais ensuite à leur aspect physique. Ils étaient laids et présentaient des déformations. L'un bossu s'appuyait sur un bâton qui le soutenait. Un autre avait l'oreille arrachée et quand il riait, il exhibait une dentition difforme. La cour boueuse dans laquelle ils se tenaient était jonchée d'immondices dans lesquelles des poules picoraient. Mon cœur, à la vue de ce tableau digne de Bruegel l'ancien, se mit à battre. Je me remémorais les paroles de monsieur de Panisa qui parlait du temps que l'on pouvait courber. Rien de ce que je voyais ne répondait aux critères d'un paysage du XXIe siècle. Aucune trace de modernisation visible. Rien de ce que j'observais ne ressemblait à un décor, mais correspondait à une époque du passé lointain. Je finis par accepter l'inéluctable vérité. J'étais transporté en arrière dans le temps. Je n'avais plus rien : ni voiture, ni maison, ni amis. Je faillis crier de rage et de désespoir. Je maudis de Panisa. À quelle époque pouvais-je bien être ? Je repris, mon observation. Je me crus au temps des Gaulois, mais aucun des hommes ne portait de braies ni aucunes fibules pour fermer un vêtement. Personne n'exhibait de torques ou autres bijoux. Je conclus à la vue de l'habillement sommaire couleur chanvre et de ces masures primitives, que je devais me trouver au Moyen Âge et non chez les Gaulois. Les voix me parvenaient toujours. Je ne risquais pas de comprendre leur conversation. Ils parlaient un patois ou un vieux français et le langage différait selon l'époque ou la région.

La situation difficile dans laquelle je me trouvais se révéla soudainement à moi. Jamais je ne pourrais adresser la parole à ces gens qui ne me comprendraient pas. Je ne pourrais me vêtir ni demander à manger. Où dormirais-je, puisque je n'ai plus de maison ? Je me sentis comme un extra-terrestre dans un monde inconnu. Je n'avais plus rien de commun avec les habitants de cette époque : ni le langage ni la mentalité. Pendant le temps de mes réflexions, le groupe se dispersa et chacun pénétra sa hutte et les enfants suivirent. Je regardai instinctivement mes vêtements. Je portais des baskets aux pieds, un jean, une chemise et un chandail. Comment pourrais-je me montrer ainsi ? Quelle serait alors la réaction de ces paysans ? Me jetteraient-ils des pierres pour me chasser ou me dévaliseraient-ils comme un aubain égaré ? Physiquement éloigné, on me dévisagerait comme un Martien. Je décidais de ne pas m'attarder ici et de continuer prestement mon chemin et courus suivant toujours la petite route jusqu'à ce qu'à être hors de vue du hameau. Je pensai soudainement à ma maison, le seul endroit que j'aurais pu joindre. Bien que persuadé que ma demeure ne pouvait exister à cette époque, je décidai d'aller m'en rendre compte. J'espérais au fond de moi pouvoir la retrouver. Et le long du sentier, trottinant d'impatience, je ne prêtai plus guère attention à l'environnement.

Au bout d'une demi-heure de marche, mon esprit s'évada un peu et la nature m'apparut. En marchant, le bruit de mes pas effrayait des mulots qui couraient se cacher sous les feuilles et dans le ciel, d'innombrables hirondelles virevoltaient en tous sens pour chasser. Au bout du chemin, un sanglier, m'observa un instant avant de disparaitre dans les taillis. Je vérifiais de bien suivre la côte et que ce chemin, ancêtre de la route goudronnée, menait bien chez moi.

Après un moment, je rejoignis la mer. L'étendue bleue se dévoilait alors. Le long de la côte, la falaise crayeuse se laissait battre par le ressac. Je crus reconnaitre l'emplacement qui protégeait ma demeure de la fureur de Neptune. La végétation s'avançait jusqu'au rivage et je ne voyais rien de l'intérieur des terres, tant les arbres dominaient le paysage. Puis, le sentier perçait de nouveau la futaie dont les branches ployées se voutaient au-dessus de moi. Je poursuivis ma route encore longtemps avant d'atteindre une patte d'oie. Je bifurquai vers ce que je pensai être la direction de ma demeure. Enfin, à peine un peu plus loin, une maison apparut à travers les branches. Bien que celle-ci ne ressemblât aucunement à la mienne, elle était plus vaste et d'un aspect moins primitif que les huttes croisées précédemment. Faite en colombage, elle possédait apparemment un étage et son toit de chaume recouvrait toute la longueur. Tout près et perpendiculairement à celle-ci, une grange dont les battants de porte étaient ouverts laissait entrevoir à l'intérieur, de la paille entreposée ainsi qu'une charrette. Derrière la grange, j'entrapercevais d'autres masures à l'aspect pouilleux. Je m'avançais prudemment pour éviter qu'on ne me vît. Puis, arrivé suffisamment près, je grimpai à la première branche d'un chêne pour mieux observer. Devant la maison, des paysans habillés de vêtements de lin ou de chanvre traversaient en tous sens une cour boueuse dans laquelle poules et cochons cherchaient quelques nourritures. Des chiens, heureusement pour moi attachés, aboyaient dans ma direction. Non loin de là, des chevaux et des ânes broutaient dans un petit pré qu'une haie délimitait. Je ne pouvais voir l'intérieur de la maison et seuls les hommes qui sortaient dans la cour étaient à ma vue. Les alentours dégagés de la maison me permettaient de voir la mer.

— Mon Dieu, de Panisa, qu'avez-vous fait ? Que vais-je faire ? pensai-je désespéré.

Comment s'approcher du domaine sans me faire déchiqueter par les chiens ? Comment aller à ces gens sans me faire battre ou pire encore ? La question de ma survie se posait nettement dans ce monde qui me serait fatalement hostile. Je maudissais l'intervention de Panisa. La mort franche et brutale aurait été plus simple que le cauchemar que j'étais en train de vivre.

Quelle que soit l'époque dans laquelle je me trouvais, j'étais condamné à errer en mendiant ou à être brulé comme sorcier. Mes habits seraient la preuve de ma magie. Même mon physique choquerait ses esprits simples. J'en étais là de ses conjectures, quand une voix tonitruante me fit sursauter :

— Oh, drôle ! fait taise l'cheun[1] !

Je me retournai et je vis dans la cour, un nouveau personnage s'adressant à un jeune valet de ferme. Il agitait les bras en direction des chiens que, visiblement, les aboiements incessants dérangeaient. Mieux apprêté que les autres il portait une robe chasuble et des poulaines. Puis, une femme, en robe longue et coiffée d'un hennin, sortit dans la cour le rejoindre.

Je faillis crier. J'observais une châtellenie du XIIe siècle. J'avais devant moi les seigneurs du comté. J'étais retourné en arrière de cinq-cents ans au moins, condamné à vivre dans ce passé pour le restant de mes jours. Homme du XXIe siècle, je ne savais ni chasser ni pêcher et pourtant, je devais vite me procurer un toit et de la nourriture. Je restais un moment à observer les va-et-vient dans la cour, avant de redescendre de mon perchoir.

Je me remémorais le village dans lequel j'allais en voiture chercher mes livres. Il devait bien exister à cette époque. Mais y pénétrer ainsi habillé serait dangereux. Je pris tout de même le chemin qui y menait dans l'espoir d'un miracle pouvant m'aider. Je ne savais pas vraiment pourquoi je tenais à m'y rendre. Peut-être ressentais-je le besoin de vérifier de nouveau le siècle dans lequel je me retrouvai. Je marchais encore une bonne heure sur la route qui fendait la forêt dense avant de l'apercevoir en contrebas. Je le vis grâce à une trouée que le sentier faisait à travers les arbres. Du village, il ne manquait

---

[1]Fais taire le chien.

que les maisons récentes construites au XXe siècle. Avec un coup au cœur, je reconnus l'église, les vieilles demeures et les courbes imposées par les petites rues. Je repris la marche en direction du village. Le chemin de terre qui descendait doucement, bifurquait et me cachait maintenant la vue sur le village. Quelques mètres plus loin, un amas d'oiseaux noirs s'agitait aux abords d'un petit pré. Je m'approchais, intrigué. Des corbeaux agglutinés s'affairaient à déchiqueter une charogne. Je fis quelques pas quand ils m'aperçurent et de frayeur, s'envolèrent en un grand fracas de cris et de plumes. Attiré, j'allai vers le cadavre. Il en restait un peu de peau, des os et quelques morceaux de chair. La queue était celle d'un renard. Je me demandai quel animal pouvait bien l'avoir tué. Je quittai le pré et laissai la charogne pour continuer ma route. Je ne rencontrai personne, mais je restai vigilant au moindre bruit. J'avais peur des réactions des gens s'ils me voyaient. Je me sentais perdu dans un monde inconnu ou je ne pouvais m'abriter. Rien ni personne ne pouvait m'aider. Considéré comme un sorcier si on me voyait habillé ainsi, on me chasserait sans vergogne. Errant comme un intrus dans ce Moyen Âge, je suivais le chemin creux sans espoir. N'ayant plus de maison ni d'amis et ne pouvant ni manger ni m'abriter, je poursuivais ma route tel un esprit perdu.

La forêt laissa soudainement place aux champs et aux prés et l'horizon s'élargit. Le village, maintenant tout prêt, m'apparut avec ses maisons aux cheminées fumantes aux abords apparemment déserts. Pourtant, je m'arrêtai, car devant moi, une ferme isolée sur le chemin me barrait la route. Personne ne m'avait vu. Le soleil affleurait l'horizon et le soir allait bientôt venir. Je remarquai une grange près de la ferme. J'eus l'idée d'y passer la nuit avec l'espoir de trouver peut-être à manger. Je continuai prudemment, mais soudain, un chien, que je n'avais pas vu, surgit et se mit à aboyer vers moi. Je reculai promptement et me précipitai derrière un bosquet. Un fermier sortit à ce moment-là et regarda attentivement autour de lui. Le chien n'arrêtait pas de japper et le paysan tourna la tête vers moi. Je m'abaissai et attendis quelques instants, courbé en deux derrière ma haie, avant d'oser jeter un œil à travers le feuillage. Suspicieux, l'homme scruta longtemps et finit par rentrer dans sa masure. En se faisant, il cria l'ordre à son chien de se taire. La grange m'était totalement inaccessible. J'attendis un long moment, espérant que le propriétaire appela son cabot à l'intérieur, mais celui-ci restait sur le pas de la porte. Il se mit en boule pour dormir rassuré surement par mon départ. Je me remémorai le cadavre du renard. Je pensai pouvoir amadouer le chien avec un os. Si je gagnai sa confiance, alors l'accès de la grange me serait possible. Je revins sur mes pas en courant. Les corbeaux festoyaient toujours et à ma vue, s'envolèrent effrayés. J'arrivai à temps près de la charogne. Il ne restait presque plus rien du cadavre à part les os les plus gros et quelques morceaux de chair sanglants encore accrochés. Avec dégout, je pris les restes que les oiseaux refusaient.

De retour à la ferme, je me mis bien en vue, et le chien me regarda d'un air menaçant. Je m'accroupis et tendis les os en l'appelant doucement. Avec méfiance, il s'approcha. Il sentit rapidement la nourriture promise et vint à moi sans trop de difficulté. J'en compris la raison quand il se saisit d'un des morceaux que je lui tendais. Je constatai qu'il ne mangeait pas tous les jours à sa faim. À travers la peau, les os saillaient du thorax. Je le laissai à sa dégustation et m'approchai de la grange dans laquelle je pénétrai.

Quelques outils rudimentaires étaient accrochés à l'entrée. Je repérai tout de suite à ma gauche, un tas de foin, dont j'avais l'intention d'en faire mon lit. Je pris le temps de regarder à l'intérieur afin d'éviter tout danger. Quelques feuilles de tabac pendaient suspendues à de la ficelle. Quelques cageots vides étaient entassés dans un coin. Je grimpai à une échelle appuyée contre une mezzanine. À cet étage, je ne vis pas grand-chose à part de la paille et des claies posées sur une étagère desquelles je m'approchai. À l'intérieur, des pommes y étaient disposées. Je me rendis compte alors que j'avais faim. J'en pris une que je croquai goulument. Celle-ci ne me contenta pas suffisamment et j'en ramassais plusieurs. Ce repas providentiel me redonna du baume au cœur. J'osai me servir à nouveau avant de redescendre.

Dehors, la nuit s'imposait et je ne distinguai presque plus rien. J'allai m'installer dans le foin pour dormir, quand je me rendis compte que le chien était revenu près de moi. Sa queue frétillait et son air de reconnaissance me séduisit. Il me restait des os du renard et je lui en tendis un autre. La vitesse à laquelle il happa la nourriture et s'éloigna pour se cacher me laissa songeur. Les paysans de cette ferme devaient être pauvres. À moins que les chiens, à cette époque, n'eussent pas la même place qu'à la mienne.

Je me fabriquai un lit entre le mur en bois de la grange et le tas de foin. La fatigue et l'émotion eurent raison de mes angoisses et je m'endormis rapidement.

Je fus réveillé par le chant du coq, mais aussi par des bruissements près de moi. J'ouvris difficilement les yeux, extirpé par un trop court sommeil. Je sursautai. Une voix résonna dans la grange :

— T'es beunaise de rin faire, l'cheun[2], entendis-je soudain.

Je me raidis et retins ma respiration. Quelqu'un était entré dans la grange pendant mon sommeil. Je ne voyais rien, heureusement protégé par le tas de foin. Je restais aux aguets au moindre bruit dans la peur que l'on me découvre. Quelques sons me parvinrent encore, puis au bout d'un moment, le silence revint. La pénombre envahissait cet endroit. Je me décontractai un peu et levai la tête. Attentif, je percevais des bruits, mais qui venaient de l'extérieur. La journée commençait pour les paysans et dans la cour, des voix, des gloussements de poule en un brouhaha m'indiquant que la vie reprenait. Je me levai et me débarrassai de la paille incrustée dans mes vêtements. Je ressentais le besoin de fuir de cet endroit. La proximité des autochtones me paraissait trop dangereuse. Avec prudence, je sortis de ma cachette et jetai un œil discret. La porte avait été fermée. Au moins, je ne pouvais être vu de l'extérieur. La faim me tiraillait et je pensai aux pommes. Je montai à l'étage. Je voulus me saisir de quelques fruits, quand j'entendis gratter à la porte. Je crus tout d'abord que quelqu'un cherchait à entrer. Mais je me rendis compte que ce n'était qu'un animal qui, avec ses pattes, poussait en vain le battant. Je m'approchai des claies et pris encore cinq ou six pommes. J'en bourrai mes poches. Dans l'une d'elles, il me restait un ou deux os de la veille que je jetai à terre pour mettre les fruits à la place. J'allai redescendre, quand la porte s'ouvrit. Le jour pénétra à grand flot. Je reculai rapidement et m'immobilisai contre le mur. J'entendis une voix féminine :

— Qui thieu quérir, l'cheun[3] ?

---

[2]T'es tranquille à ne rien faire, le chien.

[3]Que cherches-tu, le chien ?

Je m'accroupis sans bruit et à travers les lattes du plancher disjointes, je vis le chien de la veille foncer à l'intérieur en fouillant de sa truffe.

Il s'avança tout droit vers l'endroit où j'avais dormi, suivi par une jeune fille l'air inquiet. L'animal, ne me voyant pas, renifla partout dans la grange.

— Qui t'teurche lo ? dit encore la fille.

Elle regardait le chien tourner en tous sens, reniflant le sol. Après quelques secondes, il se dirigea vers l'échelle. Mon cœur se serra. Je m'appuyai davantage contre le mur en transpirant. Mais l'animal, continua et après quelques reniflements, s'en alla dehors suivit de la paysanne. Je me décontractais tout à coup.

À l'extérieur, on interrogeait la jeune fille qui répondit. J'étais en danger. Je résolus de redescendre et de fuir. Mais à peine mis-je le pied sur le barreau que le chien revint dans la grange. Je remontai en vitesse et pris les os dont je m'étais débarrassé et lui lançai. Aussitôt, il se précipita sur la nourriture, me laissant tranquille. La paysanne se dirigea vers lui :

— Ah ! thieu ça q'te 'teurchait[4] ?

Puis elle se retourna et cria à l'attention de quelqu'un :

— O veuscouétait pour ce[5] ! dit-elle en désignant le chien de la main qui rognait ses os dans un coin.

Et visiblement rassurée, elle s'en fut. J'en profitais pour descendre. Prudemment, je regardai à l'extérieur, mais du monde s'affairait dans la cour de la ferme. Je scrutai alors les murs de la grange constituée de planches de bois. Je m'aperçus que l'une d'elles, presque pourrie, ne tenait plus. Je l'écartai et

---

[4]Ah, c'est donc ça que tu as trouvé ?

[5]Il tournicotait dans tous les sens pour ça.

me faufilais dehors. Je courus un peu jusqu'au chemin qui m'avait amené ici. Je pris un fruit dans ma poche et la croquai. Je possédai encore quatre pommes et si je n'en mangeai qu'une par repas, je n'avais qu'un jour de survie. Tout en mangeant, je me remémorais les phrases que j'avais entendues. Il me semblait en avoir reconnu un ou deux, comme « l'cheun ». Je me rappelai que dans ma jeunesse je connaissais quelques mots de patois et celui-ci signifiait : le chien. Je compris alors que ces termes venaient de cette époque et qu'ils étaient ceux de ma région[6]. Je tentais de puiser dans mes souvenirs. Mais je n'en savais pas assez pour faire un discours. Perdu dans mes pensées, je ne vis pas que j'approchai dangereusement des champs. Quand je m'en rendis compte, je m'arrêtai et scrutai autour de moi. Devant, les prés et les champs, déserts la veille, étaient pleins de fermiers venus travailler. Les uns fauchaient les herbes pendant que d'autres binaient dans les blés. Chacun, occupé à son travail, personne n'avait prêté attention à moi. Aussi, comme les autres jours, je me cachai derrière les fourrés. J'observai un moment ses paysans dont l'habillement était bien sommaire. Leurs outils aux manches faits de bâtons plus ou moins droits ne ressemblaient en rien à notre outillage moderne. Ils ne possédaient pas de bœuf et encore moins de chevaux. Un paysan prenant la place de l'animal de trait tirait péniblement une charrue dirigée par sa femme.

Puis apparu sur le chemin, une charrette tirée par un cheval. Un homme aux vêtements plus élaborés criait quelques ordres à la bête. Une bâche recouvrait le contenu de la charrette. Il portait une barbe et des habits blancs. Je pensai alors qu'il pouvait s'agir d'un marchand se rendant en ville. Après son passage, je m'enfonçais dans les bois pour contourner les

---

[6]La Saintonge.

champs. J'y parvins avec difficulté, car les buissons, les genêts ou autres ronces rendaient difficile la progression. Une fois le chemin retrouvé, je marchai au hasard sans savoir où aller. Il faudrait pourtant que je me procure vêtements et argent si je voulais survivre. Je pourrais travailler comme journalier pour gagner quelques sous, mais pour me présenter, je devais me mettre à la mode de l'époque et rapidement. Perdu dans mes réflexions, je n'entendis pas, tout d'abord, le bruit d'un petit halètement près de moi. Quelle ne fut pas ma surprise de voir à côté de moi le chien que j'avais nourri et qui m'avait rejoint !

— Eh bien, dis-je, tu me suis, mais il sera difficile pour moi de te donner encore à manger.

En m'adressant de la sorte, le battement de sa queue s'accentua. Je m'approchai pour le caresser, mais en me penchant une forte odeur me révulsa.

— Hummm, tu pus !

Les poils collés et raidis par la crasse étaient la conséquence de nombreuses journées sans bain. Et ignorant mes remarques de dégout, il me suivait remuant sa queue de contentement. Je tentai de le repousser et de le renvoyer dans sa ferme, mais il ne prenait garde à mes tentatives. Au bout d'un moment, je finis par le laisser faire, pensant qu'il retournerait de lui-même chez lui. Nous poursuivîmes notre route, côte à côte, le long du chemin.

Je ne savais ni où aller ni que faire, mais je continuais à marcher dans l'espoir d'un évènement. Je repassai par cet endroit où j'eus l'idée malencontreuse de me jeter dans le vide. Je m'y arrêtai un instant, et regardai la mer, éclairé par le soleil naissant. Intemporelles, ses vagues léchaient les rochers au pied de la falaise. Je humai l'air iodé et m'en emplissais les poumons. J'aurais aimé y trouver un signe miraculeux de

M. de Panisa, mais sans illusion, je me résolus à m'éloigner du bord du rivage pour reprendre le sentier. Cet endroit était le seul que je vis jusqu'à présent, dégagé de la forêt. Dès que je le quittai, le chemin replongeait dans l'ombre de l'épaisse futaie.

Nous marchâmes, le chien et moi, un moment avant de croiser un petit ruisseau traversant notre route. À sa vue, l'animal se précipita et se désaltéra en quelques lampées. Je regardai l'eau claire se faufiler entre les herbes. Je ressentis devant le filet limpide, une terrible soif que je n'avais pas étanchée depuis la veille. À cette époque, la pollution n'existait pas, alors, je m'allongeais, et à côté du chien, bu à mon tour de cette eau rafraichissante. Je sentis son bienfait me parcourir le corps. Je m'en aspergeais le visage et la nuque. Puis j'enlevais mon chandail et ma chemise et m'en frottais le corps. Je me sentis revivre. Fortune voulant m'accompagner dans ce plaisir purificateur, plongea dans le ruisseau avant de s'ébrouer bruyamment. Une fois séché, je me rhabillais et regardai l'eau claire se frayer un chemin à travers les herbes. Au fond, les galets ondulaient au gré des variations de l'eau. Aux endroits les plus calmes, les araignées d'eau, prenant garde de se faire happer par le courant, se propulsaient par à-coups dans leur petit espace. Je suivais des yeux les feuilles tombant des arbres et qui se laissaient entrainer par le mouvement de l'eau. Certaines s'accrochaient un moment aux herbes fragiles qui ployaient légèrement libérant ainsi la feuille, leur permettant alors de reprendre leur voyage. À ma grande surprise, j'aperçus non loin de moi des écrevisses, les pinces menaçantes, reculer lentement. Le chien à son tour les vit et voulut en attraper une. Mais les pincements qu'elles lui infligeaient le firent abdiquer et de rage, aboya en tournoyant tout en conservant une distance respectable. Ses jappements finirent par me casser les oreilles.

J'avais beau crier pour le faire arrêter, il ne voulut rien entendre et continuait à narguer les écrevisses. Soudain, un long hurlement venu des bois perça le tintamarre. Le chien s'arrêta aussitôt et le cri s'accentua. Je me raidis. « Un loup. », pensai-je. Je me levai et je pris peur, car je sentais que la bête qui poussait ce hurlement se trouvait non loin de là.

— Ne restons pas là, m'adressai-je au chien.

L'animal ne se fit pas prier et me suivit avec l'humilité retrouvée. Je continuais ma route rapidement en me retournant constamment de peur de voir une meute de loups affamés. Après plusieurs minutes de marche, aucun hurlement n'émergea des taillis, aucune bête ne sauta sur le chemin et petit à petit, je me détendis. Je me demandai si les loups m'épiaient près du ruisseau. Peut-être pensaient-ils boire à leur tour et qu'ils voulurent me chasser.

Le reste de la matinée se déroula tranquillement, le chien trottant sagement à mes côtés. Il avait visiblement renoncé à ses maitres pour m'adopter. Aussi, je réfléchis à un nom et l'appelais « fortune ». Après tout, c'est bien le destin qui me le mit sur le chemin pour une bonne ou mauvaise raison. Je pensai le faire chasser pour moi, mais je ne savais même pas allumer un feu. Je devais absolument trouver une solution pour manger et pour m'habiller. Je résolus de me rendre en ville. Il n'y a que là que je pouvais dénicher le nécessaire. Comment ? Je n'en savais rien encore, mais il faudrait que je me débrouille. Le vol fut l'idée qui me vint en premier.

Je marchais toute la journée, quand, en fin d'après-midi, j'arrivai à un hameau. Identique au précédent, les huttes primitives aux toits de chaume se serraient les unes aux autres. Des enclos aux clôtures en bois abritaient poules et chèvres. Je pris mon courage à deux mains et m'avançai sur le chemin, décidé à quémander couvert et abris pour la nuit. Une femme ramassait de l'herbe non loin du village. J'allai donc vers elle pour tenter de communiquer :

— Bonjour, dis-je de mon air le plus aimable.

Elle se redressa soudainement et me regarda d'un air étonné. Après m'avoir dévisagé, elle scruta ma tenue de haut en bas. Une certaine méfiance déforma ses traits.

— Qui tu seris ? D'où veins-to ? seug' ton chemin[7], dit-elle d'un air sévère.

Puis elle continua son travail. Je tentai de nouveau de lui parler. Elle hurla après moi, puis se retournant, elle appela des hommes qui s'approchèrent de nous. Elle s'adressa à eux dans son patois pendant qu'ils me regardaient d'un air mauvais. L'un d'eux brandit alors une fourche et me cria dessus. Les autres en firent autant. La peur montait en moi, et je reculai de quelques pas. Rassemblant mon courage, je tentai de les rassurer. La femme s'approcha encore, elle tira sur mon chandail et désigna mes chaussures. Leur conciliabule reprit de plus belle. Fortune, près de moi, commençait à grogner. Je lui fis signe de se taire, mais l'un d'eux me menaça de sa fourche faisant mine de m'éventrer. La peur se transforma en panique et je pris la fuite. Les villageois me poursuivirent et je courrai de plus belle. J'entendais leurs cris derrière moi. Je n'osai regarder en arrière et de toutes mes forces, je tentai de rejoindre la forêt.

Quelques centaines de mètres après, je les sentais toujours sur mes talons. Mes poumons explosaient, mais la force de la peur me soutenait. Je courrais à perdre haleine et leurs cris, qui me terrorisaient, m'aiguillonnaient. J'approchai des bois. Je maudissais ces gueux qui ne se contentaient pas de me chasser, mais voulaient me tuer et j'en pleurais de rage et de peur. Je

[7]Qui es-tu ? D'où viens-tu ? Suis ton chemin.

sautais le talus et sans crainte des ronces ou des buissons, je fendis la lisière de la forêt. J'escaladai par-dessus les troncs d'arbres qui gisaient sur le sol. Les branches basses me cinglaient le visage et le corps, mais je continuai à courir. Leurs cris, juste derrière moi, semblaient me percer les tympans. Je filai toujours, fendant les buissons dont les épines accrochaient mes vêtements. Les poumons me brulaient et je n'en pouvais plus. La force de la peur me porta encore, alors que j'avais le souffle rauque. Je ne pouvais presque plus respirer. Mes jambes, malgré moi, ralentirent. Je cherchai bruyamment ma respiration. Enfin, les cris derrière moi s'estompèrent et j'osai regarder en arrière. Il n'y avait plus personne et je ralentis ma course sans m'arrêter. Je voulus mettre le plus de distance entre eux et moi et je continuai titubant de fatigue à travers les buissons, jusqu'à ce que l'épuisement total eût raison de mes forces. Je m'effondrai à terre. Je restais ainsi, je ne sais combien de temps avant de me remettre. Enfin, je pus me lever et faire quelques pas. Ce brave Fortune ne m'avait pas quitté et il me suivait pas à pas. Je ne désirais pas revenir sur mes pas par crainte de retomber sur ses assassins. Mais il fallait que je rejoigne la route, si je ne voulais pas me perdre dans cette profonde forêt.

— Guide-moi, mon chien, dis-je entre deux expirations.

Nous continuâmes dans les taillis tentant de retrouver le chemin de terre, moi derrière et lui devant. Je me laissais guider par mon chien d'adoption lui plaçant toute ma confiance. Petit à petit, le souffle revint. Je marchais jambes flageolantes. Après une heure de pas lents, nous fûmes en vue d'un chemin. Je remerciai mon brave Fortune qui remua la queue de contentement.

Le soleil se couchait et je ne voulais pas reprendre la route ainsi. Alors, je m'enfonçai un peu dans les bois afin de trouver un abri pour la nuit. Je m'installai dans un espace feuillu sous un chêne aux branches basses. Fortune s'allongea près de moi. La faim me tiraillait et je pris une pomme. Mais celle-ci ne me suffisait pas et je mangeai toutes mes réserves. Le pauvre chien me regardait sans rien quémander. Je n'avais rien à lui offrir. Il donna un coup de langue sans conviction sur les trognons que je jetai. La nuit vint rapidement dans cette forêt épaisse. Exténué, je m'allongeai sur le sol.

Dans la pénombre, je devinai feuilles se balancer doucement au-dessus de moi. Et au loin, je percevais le cri d'une chouette. Peu après, la forêt d'abord silencieuse se réveilla. Le chant des grenouilles emplissait le silence comme un bruit de fond perpétuel. Quelques petits animaux faisaient craquer les feuilles en se déplaçant. Je sursautai en entendant près de moi des bruits de pas. La peur des paysans refit surface et je me crispai, respirant à peine. Les pas s'approchaient. Fortune redressa le museau pour renifler les odeurs que l'air pouvait lui amener. Ces gueux me cherchaient encore. Je ne bougeais pas pour ne froisser aucune feuille, mais je tendais l'oreille et je tentai de percer la pénombre de mes yeux, dans la crainte de voir quelqu'un surgir. On marchait non loin de moi. Tous mes sens en éveil, j'écoutais la nuit et les bruits des feuilles mortes que l'on foulait, par intermittence. Comme si quelqu'un marchait lentement d'un pas indécis.

Après plusieurs minutes, recroquevillé sur mon lit de fortune, quelque chose d'anormal dans le bruit que faisait l'homme me fit réfléchir. Ce n'était pas des pas déterminés. Et puis quelqu'un par une nuit profonde aurait une torche et je ne voyais aucune lumière. Je me relaxai, car je compris que ce n'était pas une personne qui foulait les feuilles près de moi, mais peut-être un sanglier qui fouillait le sol. Je me détendis. Et le bruit des animaux emplit de nouveau les bois. Rassuré, et malgré l'activité nocturne, je m'endormis.

Le lendemain matin, le soleil perçait la futaie. Ses rayons chauds, passant à travers les feuilles, me réveillèrent. Je me débarrassai de l'herbe qui collait mes vêtements sales et déchirés. Fortune, encore allongé, me regardait faire d'un air interrogateur. Je tâtai mes poches, mais je n'avais plus de pommes. J'appelai Fortune.

— Allez, viens, mon chien, rejoignons le chemin du destin.

Nous reprîmes notre route et après quelques minutes, nous arrivâmes à un carrefour, une croix en son milieu. L'espace dégagé formait comme une clairière. Je m'approchai et regardai la statue de Jésus suspendue, la tête penchée sur le côté. Une statue de bois finement travaillée reproduisait à merveille les traits du prophète. Il me fixait avec un air de compassion à mon égard. Je le scrutai davantage. Son expression, non de souffrance, mais d'espoir résigné, semblait me dire :

— Souffre, mon fils. Souffre comme j'ai souffert.

— Combien de temps as-tu souffert, Seigneur ? demandai-je en m'éloignant, prenant peur de cet inconnu.

Devrais-je souffrir aussi ? Je pris une direction au hasard. Sur le bord de la route, des saponaires fleurissaient en s'étalant sans contrainte. Je soupirais en pensant au confort moderne. Si j'avais eu de quoi, j'aurais pu en faire du savon pour me laver dans le ruisseau.

Soudain, Fortune se mit à grogner. Sentant comme une inquiétude dans son comportement, je me mis aux aguets. Je ne percevais rien de particulier, mais le chien à l'arrêt fixait le chemin devant lui. De peur qu'il sentît l'approche de quelqu'un, je grimpai le talus et me cachai derrière. Je sifflais le chien, qui fidèlement, me suivit dans ma cachette. « Brave toutou », pensai-je. En effet, j'entendis bientôt des pas qui battaient la terre. Apparu alors, sur de lourds chevaux de trait, des chevaliers en cotte de mailles, baudrier à la taille et le heaume sur le côté. Ils discutaient entre eux bruyamment, pendant qu'en silence, suivaient à pied leurs pages. À côté de moi, je sentis le chien prêt à bondir. Malgré son odeur repoussante et ses poils collants, je lui caressai la tête pour le calmer. Il se décontracta et s'allongea près de moi. Les glaives et les harnachements s'entrechoquaient. J'étais certain que ce bruyant équipage se rendait à la châtellenie pour retrouver le seigneur du comté. Une fois la troupe hors de vue, je repris le chemin avec ce brave chien en me demandant combien de temps j'allais devoir me cacher ainsi. Je voulus prendre une pomme pour calmer une faim que ce petit évènement avait fait surgir. Je fouillai désespérément des poches vides, sous l'œil interrogateur de Fortune.

Après plusieurs heures de marche, des fermes, des prés fleuris et des bocages remplacèrent la forêt.

— Il convient d'être prudent, dis-je à Fortune, la ville ne doit pas être loin. Brave bête, je suis sûr que tu es sur cette terre le seul que mon apparence physique ne rebute pas. Je t'ai donné à manger et tu te donnerais corps et âme même si je ressemblais à Quasimodo. Enfin, quand je vois l'aspect des autochtones, je dirais que je le serais à leurs yeux. Il faut absolument que je devienne un preux chevalier. Si je ne réussis rien dans les environs, je ne ferai jamais rien nulle part. Allons courage !

Je m'avançais à découvert, sans un arbre pour me protéger. Seules les haies me cachaient des regards indiscrets. J'évoluais donc à travers les blés verts parsemés de coquelicots ou de champs de haricots. Des près recouverts de fleurs de toutes sortes peignaient la nature de couleurs chatoyantes. Les grillons, dissimulés dans les herbes, accompagnaient de leur frottement strident, le chant des grenouilles. De multiples mares éparses dans le paysage attiraient de nombreux animaux. Des bourdonnements d'insectes autour de moi donnaient la note aux piaillements incessants des oiseaux cachés dans les haies. La diversité éclatait devant moi dans toute sa splendeur.

Au loin, des paysans s'occupaient près d'un moulin. Le chemin serpentait entre ces petits champs et les prairies, quand enfin, j'aperçus la ville. C'est avec stupeur que je vis que celle-ci était ceinte d'un rempart. Jamais je ne pourrais y accéder la nuit et encore moins de jour. Découragé, je battis en retraite vers les bois. Je m'assis sur le bord du talus, la tête entre les mains. Fortune, sagement, s'allongea à mes côtés avant de me donner de nouveau une alarme. Je me cachai comme d'habitude et vis passer un marchand sur sa charrette. « Il va falloir que je me fasse bandit de grand chemin pour m'en sortir », pensai-je, alors que celui-ci disparaissait derrière les arbres. Soudain, j'entendis des cris. Ils provenaient de la lisière des bois. Je me levai et, prudemment, m'avançai vers le tumulte. Non loin de moi, des hommes avaient assailli le voyageur qui se battait comme un diable. Il portait un sabre à la main. Les canailles brandissaient des fourches, mais l'un d'eux possédait également une épée. Le pauvre homme fouettait l'air dans tous les sens pendant que les bandits qui avaient réussi à grimper sur la charrette l'entouraient de façon menaçante. La lutte était inégale, mais le désespoir du marchand décuplait sa force et les agresseurs hésitaient à s'approcher.

D'abord immobile par la stupéfaction que montrait ce spectacle inattendu, je cherchai des yeux un bâton pour venir en aide à ce brave homme. J'en ramassai un suffisamment gros et solide parmi les branches tombées sur le chemin. Un des brigands, plus téméraire, s'avança, mais le marchand avec force le frappa de son sabre entaillant la peau du cou. L'assaillant poussa un cri et s'arrêta dans son élan. Il porta la main à sa blessure et regarda ses doigts ensanglantés. Alors ses yeux se révulsèrent. Il voulut s'accrocher, mais ne rencontra que le vide. Il s'effondra sur le chemin, la main toujours à son cou. La lutte s'arrêta un instant devant cette tournure dramatique non prévue. L'un des bandits poussa un cri de rage qui encouragea les autres. Ils se précipitèrent sur lui. Le marchand tomba à la renverse.

Effrayé par l'augmentation de la violence, je criai à mon tour. Étonnés, certains se retournèrent, mais trop tard. Je frappai le premier qui s'effondra assommé. Je donnai un coup sur le deuxième qui s'affala sur le dernier. Mais je vis avec horreur que le porteur de l'épée enfonça celle-ci dans le ventre du marchand qui s'écroula à terre les yeux pleins de surprises. Je me précipitai vers l'assassin qui, face à ma détermination rageuse, prit peur et s'enfuit. J'affrontai alors les derniers qui, devant l'hécatombe, prirent la résolution de suivre leur chef. Je les poursuivis un moment. Ils sautèrent le talus et plongèrent dans l'épaisseur de la forêt. Fortune que j'avais oublié, me dépassa et se jeta avec férocité sur le retardataire que j'assommai de mon gourdin. Les autres en profitèrent pour disparaitre dans les taillis.

Je retournai vers le pauvre marchand. Il respirait encore, une tache de sang souillait sa chemise et coulait sur la terre humide. J'enlevai mon chandail et pris ma chemise et l'appliquai sur la plaie. Je détachai ma ceinture et la lui passai autour du ventre pour tenir le tout. Pour ne pas rester à demi nu, j'enfilai mon chandail à même la peau. L'homme respirait fortement. Il tenta de me parler. Je le soulevai et lui fis comprendre qu'il devait faire un effort pour que je puisse l'installer à l'arrière de la charrette. Je rassemblai toutes mes forces pour le lever. Il lutta pour marcher et, redoublant d'efforts, je pus le coucher sur la bâche. Je me plaçai à l'avant du charriot et, sans réfléchir, je fouettai les chevaux qui partirent en galopant vers la ville.

De temps en temps, je jetai un œil derrière moi. L'homme était exsangue, mais toujours en vie. Sur la route terreuse, les paysans, ignorants du drame, me regardaient passer s'appuyant sur leur faux, prétextant mon passage pour faire une pause. Je me rendis compte après un moment qu'avec la vitesse, le chemin inégal imprimait à la carriole des secousses difficilement supportables pour le blessé. Le pauvre marchand gémissait à chaque nid de poule. Je ne savais pas conduire un attelage, mais à tout hasard, je tirais sur les rênes et les chevaux ralentirent sans s'arrêter. Le balancement moins rude de la charrette détendit le marchand.

Après quelques minutes, nous arrivâmes non loin de la ville. Avec surprise, je le vis se lever péniblement et ramper vers moi. Je ne savais que faire ni comment m'adresser à lui. Nous atteignîmes la porte des remparts. Des gardes se mirent en travers du chemin et je tirai encore sur les rênes. Les chevaux devaient avoir l'habitude et ils s'arrêtèrent juste devant les soldats qui s'approchèrent de nous. À mon grand soulagement, car je n'aurais su rien dire à ces soldats, le marchand se leva un peu et leur parla dans le patois :

— Jheu seus errondé c'to çheu chètigas m'aïde[8].

---

[8]Je suis blessé, cet homme m'aide.

L'un des gardes partit en courant en criant quelque chose après avoir examiné la blessure, pendant que l'autre après quelques échanges, non sans me dévisager, nous laissa passer. Je donnai un coup sur le cheval qui trotta doucement à travers les rues boueuses. Une odeur d'urine et d'excréments me fit suffoquer dès l'entrée de la ville. J'ouvris des yeux ébahis devant ce décor du Moyen Âge ; les gueux pieds nus trainant les pieds dans la terre, d'autres en sabots portaient des fagots évitant les ânes attachés aux maisons et fendant la foule. Les artisans dans leurs boutiques battaient le fer, empaillaient des chaises ou travaillaient la laine. Au milieu de la rue que nous longions, une rigole charriait les égouts de la ville et je compris d'où provenaient les odeurs écœurantes.

J'entendis une voix faible :

— démain, démain[9].

À côté de moi, le marchand, de la main, m'indiquait une petite rue. Je ne comprenais rien à ses paroles, mais j'interprétai son geste. Je tirai sur la lanière et le cheval bifurqua. La bête avança de quelques mètres, et de lui-même, arrêta devant une maison. Je déduisis que l'habitude conduisait naturellement ses pas. Je sautais à terre et aidai le blessé à descendre. Je le soulevai difficilement. Mais, dans la rue, on s'aperçut du drame et aussitôt des habitants coururent vers nous et m'aidèrent à le porter. D'autres ouvrirent sa porte, tandis qu'une femme sortit en criant. Pendant que je le soutenais par les bras, un autre prenait les pieds et ainsi, nous montâmes un petit escalier qui menait à l'étage. Nous l'installâmes sur un lit. Sa femme, du moins, je le supposai, vint près de lui. Ils se parlèrent et parfois le blessé me désignait.

[9] À gauche, à gauche.

La foule se pressait maintenant autour du lit et j'en profitais pour reculer dans un coin de la pièce. Puis, entra dans la chambre un homme vêtu d'une robe chasuble noire. Il portait une Mallette en cuir. Le docteur, prévenu par les gardes, avait fait diligence pour venir soigner le marchand. D'elle-même, la foule quitta la pièce en silence et avec respect. Je n'osai bouger et restai dans mon coin. J'observai avec curiosité le médecin. Il se pencha vers le blessé, défit la ceinture, et enleva ma chemise imbibée de sang. Il ausculta un moment le ventre et ouvrit sa mallette pour en sortir une aiguille et du fil. Il recousit la plaie, non sans avoir au préalable tamponné la plaie avec quelques produits que je supposais désinfectants. Le marchand transpirait à grosse goutte, mais souffrit sans un cri. Quand ce fut terminé, il recouvrit la cicatrice à l'aide d'un tissu imbibé. Enfin, il s'adressa à la femme, et ils descendirent ensemble. Je m'approchai du lit. Le blessé me regarda à travers des yeux mi-clos un maigre sourire aux lèvres. Un peu plus tard, la femme revint avec une compresse qu'elle appliqua sur la plaie en parlant doucement à son mari. Elle le recouvrit d'un drap et sortit de la pièce en m'invitant à la suivre.

Elle m'entraina au rez-de-chaussée et me parla. Je ne comprenais pas ce qu'elle me disait et je levai les bras en signe d'impuissance. Elle abandonna toute tentative et appela quelqu'un à la rescousse. Une jeune femme apparut. Je la trouvais moins courtaude que la moyenne des gens du Moyen Âge. Sans être beau, son visage correspondait plus aux critères de mon époque que du XIIIe siècle. Elles se parlèrent pendant qu'une autre jeune fille, une bonne probablement, fit son entrée. On m'invita dans la cuisine. Je m'assis et on m'apporta à manger. La servante posa devant moi des plats. Les odeurs que les mets exhalaient réveillèrent ma faim. Les deux maitresses de maison me regardaient l'air surpris devant mon hésitation. N'ayant ni assiette ni couverts, j'attendis qu'on me les portât. La femme me fit signe de manger. Je me souvins alors que les fourchettes n'apparaitraient que sous le règne de Catherine de Médicis. Je les remerciais d'un sourire et je pris avec mes doigts un morceau de viande au gout très prononcé. Je ne voulus ni décevoir mes hôtes ni ma faim et je mangeais ces viandes à la saveur forte que mon siècle avait adoucie.

À la fin du repas, je leur fis comprendre avec succès par des gestes que j'étais satisfait. Alors, elles m'entrainèrent dans une autre pièce où un baquet d'eau chaude m'attendait. On me désigna des vêtements sur une chaise et je me retrouvais seul devant le bain fumant. « Mon Dieu ! Quelle hospitalité ! Me voilà nourri et blanchi », pensai-je. Je me déshabillais et entrais avec bonheur dans l'eau chaude. Puis, après un bon décrassage, je me séchais et envisageais les vêtements qu'on avait déposés à mon intention. Je soulevai dubitativement des braies[10], je regardai d'un air interrogateur une chainse[11] et je ris à la vue des poulaines dont je me demandais comment j'allai pouvoir marcher avec des pointes aussi longues. Quant au bliaud[12] que j'enfilai, j'eus la sensation de porter une robe.

En voulant rassembler mes anciens habits, je sentis quelque chose dans la poche de mon jean. J'y enfonçais la main et en ressortis mes clefs de voiture. Je me mis à trembler en pensant que jamais je ne pourrais retrouver ma civilisation. J'étais à jamais perdu dans ce monde moyenâgeux. Je m'assis un instant, mes forces me lâchant soudainement. J'ai voulu la mort et me voilà endurant une punition bien plus douloureuse. Je

---

[10]Pantalon avec des bandes molletières entrecroisées sur les jambes du genou à la cheville.

[11]Tunique de dessous.

[12]Robe arrivant au genou.

voulais en finir rapidement, mais je devrais agonir. Mais pour combien de temps encore ? Je fis le geste de me débarrasser de mes clefs, mais j'hésitais tout de même à jeter une relique du « passé ». Je les mis dans une bourse attachée à mon bliaud. Je pris mon jean, mes baskets et je les lançais dans la cheminée. Mes chaussures se recroquevillèrent sous l'effet des flammes en dégageant une odeur nauséabonde ainsi qu'une fumée noire. Quand je sortis ainsi de la pièce, accoutré en marchand du XIIIe, j'eus peur des réactions et je m'attendais au pire, mais je fus rassuré devant les mines souriantes de mes hôtes.

La maitresse de maison s'adressa de nouveau à moi. Elle tenta de me parler distinctement dans sa langue et je compris qu'elle me demandait mon nom. J'eus un instant de panique, car je n'avais jamais pensé à ce genre de détail. Je pouvais donner mon vrai nom bien sûr, mais quelle place pouvais-je avoir dans cette société et quel statut pourrais-je décliner ? Entre les vilains et les nobles, il n'y avait guère de place pour la classe moyenne. Passer pour un gueux ne satisfaisait pas mon égo, aussi je répondis :

— Panisa, je suis monsieur de Panisa et je viens des croisades.

Je vis alors son visage déjà aimable, se muer en une mine ravie. Je ne voulais rien anticiper du futur et je me contentai de chaque réponse que j'apportais à chaque instant. Pour l'heure, le nom qui m'était venu à l'esprit me donnait la chance de la considération et non du rejet ce qui était capital pour ma survie. Satisfaite, la femme avec bienveillance me fit l'honneur de sa demeure.

Le personnage que j'avais secouru était un marchand fortuné. Les pièces étaient meublées et ornées de tapisseries, ce qui devait être rare à l'époque, du moins je le présumai. Elle me présenta sa fille que je vis la première fois dans la cuisine. Enfin, elle prit une clef et m'entraina dehors. Je compris qu'elle désirait me faire visiter le commerce de son mari. Mais en ouvrant la porte, elle vit un chien assis sur le seuil. Elle voulut le chasser, mais je criais à ce moment précis :

— Fortune ! Tu m'as retrouvé, quel brave chien tu fais !

Elle arrêta son geste aussitôt et me regarda d'un air interrogateur. De la main, elle me désigna et le chien ensuite. Je lui indiquai que oui. Fortune, à ma vue, remua sa queue et timidement réclama quelques caresses que j'hésitais à lui donner tellement il sentait mauvais. Comprenant, la maitresse de maison me fit signe de la suivre. J'entrainais le chien avec moi dans la demeure. Nous suivîmes la femme jusqu'au baquet où j'avais pris le bain. Je soulevais le chien et le jetai dans l'eau. Il n'eut aucun geste de résistance et il trouva dans cette maison nourriture et toilettage.

L'épouse du marchand eut les visites des notables de la ville. L'échevin[13] de la commune tout d'abord, venu s'enquérir de la santé du blessé, mais aussi le capitaine des gardes, pour mener son enquête. Je fus d'ailleurs inquiet pendant le conciliabule, car je fus souvent désigné. Heureusement pour moi, et malgré les regards scrutateurs du capitaine, je ne fus pas interrogé pour l'instant. Le médecin vint souvent et s'assurait que son patient, hors de danger, allait bientôt se rétablir. Il prescrivit des décoctions et changeait régulièrement un cataplasme sur la plaie.

---

[13] À partir du XIe siècle, personne ayant la charge municipale. Les échevins sont élus par cooptation parmi les urbains. À cette époque, la ville et les habitants (les manants) se distancient de la féodalité en créant des communes et les échevins exercent une fonction distante du seigneur local. Ce sont des professionnels du droit qui jugent les affaires opposant communes et seigneurs, arbitrent les conflits, et plus généralement administrent la ville.

En remerciement, de mon secours, je fus donc hébergé dans cette demeure où j'avais ma chambre. Fortune, aussi bien traité que moi, perdit son aspect malingre et pouilleux pour devenir un beau chien au poil luisant. J'appris au fil des jours le patois de l'époque. Beaucoup de mots s'approchaient de ceux d'aujourd'hui, mais il me fallut un temps d'adaptation. J'avais enfin réussi à m'intégrer dans ce siècle. J'avais obtenu le langage, les habits et même un statut. Le statut m'inquiétait un peu, car tôt ou tard, il faudrait le prouver. En attendant, j'inventais pour la maitresse de maison, une histoire abracadabrante pour expliquer mon infortune. Je racontais donc que je venais d'orient et que les Sarrasins volèrent tous mes biens et que je survécus uniquement grâce à la mansuétude du Cheikh local qui me laissa partir pour la France avec seulement la vie sauve pour bagage. L'esprit crédible de l'époque suffisait à cette explication.

Le capitaine des gardes était revenu faire son rapport sur la poursuite des brigands. Un rapport bien maigre puisque les soldats ne purent plonger dans la forêt incertaine. Le seul brigand resté sur le chemin fut enterré dans la fosse commune sans qu'on sache s'il était du pays. L'affaire en resta là. Les exactions se commettaient assez souvent, la plupart du temps par des paysans appauvris et regroupés en bande. Parfois, un premier larcin suffisait et la bande se dissolvait.

Au fil des jours, j'acquérais une certaine assurance. J'en profitais pour me promener en ville. J'allais voir la vie réelle de ce Moyen Âge, expérience unique que je ne pourrais jamais partager avec les historiens de mon siècle. Je sortis avec Fortune dans la rue poussiéreuse. Je trouvais moins prenante l'odeur qui m'avait écœuré dès le premier jour. Pourtant les excréments flottaient lentement dans le caniveau au milieu de la rue. Je suivais l'artère principale. Les animaux comme les gens se bousculaient. Je croisais des cochons, des poules ou des chiens, dont personne ne prenait garde, et qui marchaient dans ces ruelles, au même titre que les humains. De nombreux ateliers dans lesquels les artisans, rassemblés par métier, travaillaient et exposaient leurs produits à même la rue. Des auvents de bois servaient aussi bien à protéger leur bien des intempéries que de fermeture à leurs ateliers. Une foule hétéroclite de mendiants, de moines, de soldats, mais également de nobles et de bourgeois[14] déambulaient dans ces artères. Fortune, la queue frétillante, ne manquait pas une odeur et reniflait sans vergogne animaux ou humains qu'il croisait. Lui comme moi, découvrions un monde nouveau. Je prenais garde de rentrer avant le couvre-feu, de peur de rencontrer des brigands, nombreux à trainer dès la tombée de la nuit.

Les Chamard, le nom de mes hôtes, originaire de cette ville, avait acquis une position sociale confortable grâce au métier enviable que mon hôte avait appris de son père. Appartenant à la commune[15] des marchands, maitre Chamard faisait partie des bourgeois les plus riches de la ville. Comme chaque corporation, il portait un écusson sur son bliaud. Le sien représentait une personne en robe chasuble.

Quand le maitre de maison put se lever après plusieurs jours, c'est à table que nous nous parlâmes la première fois. La cérémonie du repas fut pour moi d'abord difficile, car je ne connaissais pas les coutumes ni dire le bénédicité en latin.

— Monsieur de Panisa, commença-t-il en enfournant une saucisse, voilà plusieurs jours que vous êtes l'hôte de ma

---

[14]Habitant de la ville (du bourg).

[15]Regroupement, corporation de métiers. Définissant les règles du métier, mais aussi, les cotisations permettant d'aider un des membres en cas de besoin.

maison et vous pouvez y rester autant que vous voulez. Vous êtes ici chez vous.

— Je vous remercie pour votre bonté, et vous m'avez déjà accueilli suffisamment, répondis-je

— Non pas suffisamment, me coupa-t-il, je viens de me remettre et maintenant que je puis me lever, je vais enfin pouvoir profiter de mon noble sauveur.

— Le hasard a voulu que je sois là au bon moment.

— Le hasard ? demanda-t-il d'un air interrogateur. Dieu vous voulez dire. Je rends grâce à Dieu. Et dès que je pourrais, j'irais bruler un cierge et remercier Marie notre Bonne Mère ainsi que saint Hommebon, notre patron.

Je relevai la remarque et me jurai de faire très attention à mes propos, car j'oubliais facilement que ce siècle était croyant.

— D'où veniez-vous avec votre chargement ? demandai-je.

— Je venais de Saintes où j'achète tous mes habits. Je fais ce voyage deux ou trois fois par an ou je vais chercher les tissus de qualité. Mon Dieu ! Avec cette blessure, je ne vais pas pouvoir reprendre le travail tout de suite. Ah, les coquins ! Sans vous, je laissais une veuve et une orpheline.

Il désigna sa fille qui nous servit du vin. Il continua après avoir bu un peu dans son verre.

— Ma fille est en âge de se marier, j'ai d'ailleurs peut-être un parti pour elle, le fils d'un riche prévôt du seigneur de Rancon.

Entre deux bouchées, il s'essuyait les lèvres avec la nappe.

— Votre fille est fort belle et vous n'avez eu, je suppose, aucun mal à lui trouver un bon parti, mentis-je à moitié.

Sans être laids, son visage et sa silhouette ne correspondaient pas aux canons du XXIe, mais elle dépassait la beauté moyenne de cette époque.

— Je vous sais gré de votre bonté, mais je sais que ma fille n'est pas très belle. La dot est donc conséquente. Mais vous monsieur, avez-vous une demeure ou des terres ? demanda-t-il.

— Eh bien, mentis-je à nouveau, je les ai perdus lors de guerres contre les Normands et me voici réduit à la position de simple manant. Mon château fut brulé et j'ai perdu mon épouse et mes fils.

— Mon pauvre monsieur ! s'écria la maitresse de maison desservant la table.

— Ah, mais monsieur, comme c'est regrettable ! qu'allez-vous faire ?

Je ne répondis rien et maitre Chamard le prit comme un fait évident. Je regrettais tout à coup le nom que je voulus me donner. Je n'aurais pas dû m'attribuer une particule, pour avoir une occasion de m'intégrer de manière définitive. Je dis :

— Mon brave Chamard, je ne suis qu'un simple nobliau sans fortune, parti chercher gloire chez les Sarrasins. Quoi qu'il en soit, je vous suis également reconnaissant de votre accueil. Si je vous ai sauvé la vie, vous aussi sans le savoir vous m'avez rendu un très grand service. Je serais très honoré que vous soyez mon ami.

— Ah, monsieur ! s'écria maitre Chamard. Je ne pouvais en espérer tant !

Sur ce, il se leva et m'étreignit en une longue accolade que je supportai malgré une odeur corporelle que je définissais entre le lait caillé et l'omelette. Il commanda à sa femme du vin afin de trinquer à notre amitié.

— Je suis heureux de vous voir sur pied, dis-je. Votre médecin a fait des merveilles.

— C'est un excellent docteur. Il a fait ses études à l'école de Salerne[16].

Je m'exclamai d'un « ah » admiratif, mais en réalité, totalement ignorant sur ce sujet. Je commençais à regretter mes absences répétées aux cours d'histoire de mon lycée.

Quand je croisai, le matin, sa femme et sa fille qui s'affairait dans la maison, je baissai légèrement la tête pour les saluer et elles me répondaient d'une courte révérence. Je n'avais aucune idée de la manière dont on saluait les dames de cette époque alors je m'aidais des films de cape et d'épée que je regardais dans ma jeunesse. On ne me faisait aucune remarque, j'adoptai donc ces méthodes. Peut-être n'osait-on rien me dire et que l'on restait indulgent face à des coutumes venant d'orient. Les signes de croix faisaient partie des gestes constants de la vie quotidienne, tout comme l'évocation du seigneur. Les premières messes du dimanche furent pour moi une véritable épreuve. D'une part à cause de mes convictions et d'autre part du fait de mon ignorance du catéchisme. Elles étaient dites en latin et je ne comprenais rien aux divers rituels qui composaient une messe. Je ne trouvais du repos que lors du sermon. Je regardais attentivement mes voisins pour répéter leurs gestes. S'ils s'étonnaient et s'inquiétaient de mon ignorance, ils se rassuraient par le zèle que je mettais à apprendre.

La fille de mes hôtes, Ysabéa, venait dans la journée m'aider dans l'apprentissage des prières et des rituels. Ils avaient mis mes lacunes sur le compte de ma vie en pays païen.

---

[16]École de médecine très réputée au Moyen Âge, basée sur la médecine traditionnelle arabe.

Pour m'intégrer dans cette société, personne ne devait douter de ma foi et Ysabéa, par ma volonté de savoir, ne mettait pas en cause ma croyance en Dieu. Je ne devais pas éveiller les moindres soupçons sur ce point, car ma vie en dépendait. Malheur à celui qui doutait de l'existence de Dieu dans une société persuadée de son omniprésence. Cette foi se manifestait dans les gestes de la vie quotidienne et les « Dieu merci » et autres « par la volonté de Dieu » faisaient partie des mots récurrents de tout à chacun, sans compter la référence aux saints patrons. Moi, athée et baptisé protestant, je dus me convertir deux fois. Bien sûr, Ysabéa[17] se dévoua à cette tâche.

Au fur et à mesure que les jours passaient, je m'habituai à la physionomie des gens de l'époque. Même Ysabéa que je ne trouvais pas trop belle, finis par me paraitre agréable. La misère, assez répandue chez les pauvres, sans moyens pour se soigner, ces derniers souffraient de symptômes divers. Un enfant mal né ou trop fragile ne tardait pas à recevoir les sacrements, sachant que le séjour sur terre serait de très courte durée. La souffrance accompagnait la vie quotidienne des gens et finissait souvent par les entrainer vers l'au-delà. Les goitres, les déformations en tout genre faisaient partie des caractéristiques physiques de la plupart des paysans. Les éclopés parcouraient les rues et mendiaient à l'entrée de l'église. En général, les discussions de ces braves gens portaient surtout sur la santé des voisins dont on avait entendu parler ou de la vieille tante, car la vie sur terre n'allait pas de soi et la mort était la nouvelle principale que l'on apportait.

---

[17]Isabelle. Attesté comme prénom au XIIe siècle, écrit Ysabéa, dans un texte d'archive de La Rochelle.

Je m'éternisais un peu trop dans cette demeure. L'amabilité de la maitresse de maison déclinait un petit peu et la reconnaissance qu'elle me portait pour avoir secouru son mari s'étiolait doucement. Pourtant, ma survie dépendait encore de cette famille dont le marchand était devenu mon ami dont je partageais les habitudes. Entre chalandage et taverne, les journées se succédaient bien agréablement. Malgré tout, il fallait que je fasse quelque chose pour contrer un avenir encore incertain. Je décidai alors de lui parler franchement. Je lui exposai une situation difficile dans laquelle dépossédé de tout bien, j'étais tel le mendiant qui n'avait comme richesse que la bonne volonté du seigneur. N'ayant ni fortune ni propriété, je ne savais où aller. Il m'écouta gravement hochant la tête de temps en temps.

— Le fait est que, par votre situation, il vous sera difficile de reprendre pied, me répondit-il.

— J'ai décidé, me hasardai-je, à aller à Paris demander audience au roi.

— Que voulez-vous lui demander ?

— Comme je me suis mis à son service, lors des dernières croisades, et étant donné ma situation, je compte lui demander la faveur de m'accorder quelques terres afin que je puisse retrouver mon honneur.

— Ah bien, en effet, ça me parait une solution en espérant qu'elle aboutisse. Toutefois, je vous demanderai de rester encore un peu parmi nous. L'hiver approche et la saison n'est pas bonne pour entreprendre un voyage.

— Je ne peux rester éternellement chez vous, protestai-je en mentant quelque peu, ravi de trouver hospitalité dans ce monde.

Le marchand se frotta le menton et réfléchit un instant.

— Je possède une demeure dans le plat pays. Je pourrai vous la prêter le temps que passe la mauvaise saison. Vous percevrez les charges de mes terres ce qui vous permettra de vivre dans l'honneur de votre rang.

— Maitre Chamard, m'exclamai-je, me voilà encore votre obligé, mais j'accepte de bon cœur votre proposition.

Nous discutions dans la pièce principale, quand la maitresse de maison et sa fille entrèrent ensemble. Elles venaient me faire la révérence avant de se retirer pour le coucher comme tous les soirs, nous laissant seuls. Nous passions les soirées, mon ami et moi, devant la cheminée à parler en buvant de l'Armagnac que maitre Chamard prenait plaisir à déguster avec une modération toute relative. Le foyer était entretenu toute l'année pour chasser l'humidité et la fraicheur constante de la maison qui persistaient, quelle que soit la saison. J'en profitais pour lui poser des questions sur la vie quotidienne et sur son activité, ce qui ne l'étonnait pas, puisque j'étais censé revenir d'orient. En parlant de croisades, je me hasardais en narrant des scènes de films hollywoodiens qui me revenaient en mémoire, mais heureusement, le marchand n'eut aucun étonnement. Je pouvais l'interroger sur le roi de France, mais j'avais peur que mes lacunes sur ce sujet le choquent. Je ne connaissais toujours pas la période exacte à laquelle je me situais. Peut-être que le nom du roi de France de ce siècle fut ignoré par ces gens de Saintonge si loin du trône. Son règne ne devait guère dépasser les limites de l'Île-de-France. La vie encore locale dépendait du baron ou du comte régnant sur la région. Pourtant, j'essayai de tout faire pour connaitre le nom du roi en tentant des questions indirectes, mais sans succès.

— J'ai constaté que votre fille est allée à l'école, dis-je, car je me souvenais qu'elle me lisait parfois des passages de la bible.

— En effet, dis le marchand. Je tenais à ce qu'elle soit instruite. J'aurais préféré y envoyer mon fils, mais Dieu a voulu que je n'en eusse pas.

Je ne répondis rien. Je caressai Fortune qui venait de nous rejoindre et qui s'installa à mes pieds. Il continua, après avoir bu une gorgée d'Armagnac.

— Je l'avais destiné à monsieur de Haudebert, un noble désargenté. J'avoue que faire entrer ma famille dans la noblesse eut satisfait mon cœur. Dieu en a décidé autrement. Et c'est au prévôt qu'elle sera mariée. Ah, ce n'est pas un homme très distingué, mais il est riche, et c'est ça qui compte à mes yeux.

Je m'abstenais de demander ce qui comptait aux yeux de sa fille.

— Qui va reprendre votre affaire ? dis-je.

— Ah ! Voilà une question épineuse. Comme je n'ai pas d'héritier, je vais devoir la vendre ou trouver un successeur, comme le fils d'un cousin. J'en ai bien un qui a un fils, mais il habite La Rochelle, ce qui n'est pas la porte à côté. Je le visitais parfois, lorsque j'allai dans cette ville pour acheter des étoffes venues de Flandre. Mais aujourd'hui, ces produits se font plus rares et je préfère celles qui proviennent maintenant d'Italie. Je n'ai plus guère l'occasion d'aller à La Rochelle, mais il faudra bien que j'y retourne pour lui parler de mon affaire.

Il reposa sa timbale, en regardant les flammes. Le bois crépitait doucement. Il semblait réfléchir. Puis continua, oubliant presque son gobelet :

— J'ai bien un autre cousin, mais il habite Paris. Je l'ai vu une fois, alors que je revenais des foires de Provins, je décidais de lui rendre visite. Et je vous avouerais que j'ai bien fait.

— Ah pourquoi ? demandai-je.

— Parce qu'à cette occasion, je vis le roi.

— Vraiment ! m'exclamai-je. Racontez-moi !

Sans le vouloir, j'allai connaitre enfin la date de mon arrivée en ce siècle.

Voyant mon intérêt pour la chose, il nous servit un peu d'alcool pour faire durer le plaisir.

— Eh bien, voilà ! dit-il après une gorgée.

Le samedi se terminait quand je pris une voiture pour Vincennes où habite mon cousin. J'arrivai fort tard le soir, mais il me reçut cordialement. Le lendemain, il m'emmena à la messe et voulut se promener ensuite. Nous marchions donc dans le bois, quand un attroupement aiguisa notre curiosité. Nous nous approchâmes et jouâmes des coudes pour voir ce qui se passait et comprendre la raison de ce rassemblement. Nous nous frayâmes un chemin et parvînmes à traverser la foule, non sans provoquer quelques mouvements d'humeur. Je pensai avoir affaire à une arrestation ou un scandale de ce genre, mais quelle ne fut pas ma surprise, quand j'aperçus, entouré de quelques gentilshommes, un seigneur assis sur une chaise qui semblait parler à un gueux à genoux devant lui. Intrigué, je tendis l'oreille. Je n'avais pas de mal à entendre, car tout autour de moi, l'assistance écoutait silencieusement. Mon cousin me glissa alors à l'oreille, « c'est le roi qui juge une affaire ». J'avais déjà entendu que Son Altesse rendait son jugement à de simples manants ou à qui voulait bien dénouer une affaire, mais je restais ébahi de le voir en vrai. Et en effet, le roi se leva et condamna un gueux qui se trouvait à côté et que je n'avais pas vu. Puis une autre personne s'avança et demanda audience au roi. Nous restâmes pour assister aux jugements et j'avoue que c'est avec grande sagesse qu'il les rendit.

— Vous avez vu Louis IX ! m'exclamai-je.

— Oui, comme je vous vois, répondit-il avec fierté. Ah ! M'approcher de ce saint homme fut pour moi, un jour inoubliable, un évènement sacré.

— C'était en quelle année ? m'empressai-je de demander.

— Je me souviendrais à jamais de ce jour mémorable, c'était le 12 juillet 1263, juste après sa septième croisade. Dieu ait l'âme de ce roi. Maintenant, c'est Philipe le Bel qui lui succède.

Je ne répondis rien, car j'étais perdu dans mes pensées. Je me trouvais à la fin du XIIIe siècle. Comment de Panisa a-t-il pu se fourvoyer à ce point ? Il m'avait pourtant dit avec certitude qu'il ferait attention à ce que la marée soit haute avant de me faire revenir. Comment ce décalage a-t-il pu être de plus de 700 ans ? Était-ce volontaire, pour m'écarter de quelque chose ? Mais dans ce cas pourquoi voulait-il que je protège sa fille ? Maintenant, ce n'est guère possible, il faudra qu'elle se débrouille sans moi.

— Et je n'oublierai pas qu'il nous a libérés des Anglais.

— Encore eux ! m'exclamai-je, sortant de mes réflexions. Et tout bas : et ça ne fait que commencer.

J'avais oublié qu'ils avaient occupé l'Aquitaine et que ce n'était pas fini.

Il me parla longtemps de ce roi libérateur et porteur de progrès. Mais je l'écoutais à peine, un vague à l'âme me secouait à cet instant et les larmes me montèrent aux yeux en pensant que jamais je ne reverrais mon époque. Puis à la fin de son éloge, il se leva annonçant la fin de la veillée.

Le lendemain, il fit préparer sa charrette pour m'emmener voir sa propriété à la campagne. Son écurie attenante à la maison était suffisamment grande pour contenir ses deux chevaux et sa charrette. Nous traversâmes la rue pour y accéder. Dès le matin, les rues grouillaient de personnes en tout genre évitant des animaux de basse-cour. Dans la grange, un jeune garçon attelait les bêtes et passa les rênes au marchand dès que nous étions installés. J'appelai Fortune qui ne me quittait plus. Il sauta et se coucha à mes pieds. Nous eûmes du mal à nous frayer un chemin à travers les rues bondées, mais dès la porte de la ville franchie, Chamard fouetta les chevaux qui trottèrent sans peine sur la route.

L'été finissait et les arbres perdaient leurs feuilles qui s'envolaient au vent. Les paysans qui labouraient leurs champs s'arrêtaient en nous voyant passer. Certains utilisaient une paire de bœufs, mais les plus pauvres tiraient eux-mêmes leur charrue pendant que leur femme la guidait. Les fermes, pour la plupart, ressemblaient à des masures autour desquelles quelques animaux domestiques cherchaient un peu de nourriture : deux ou trois poules, des canards, et parfois un cochon ou une vache pour les moins miséreux. Nous parcourions une campagne qui n'avait rien à voir avec celle du XXIe siècle, où la nature semblait prendre toute sa place. Les haies entretenues entouraient de petits champs. Partout, des mares ou des étangs égrenaient la campagne de tâches bleutées. Elles attiraient une foultitude d'animaux venus profiter de l'abondance générée par de telles oasis. Les aigrettes planaient majestueusement avant de se poser pendant que les hirondelles filaient à vive allure au-dessus des plans d'eau. De multiples piaillements sortant des haies égayaient la route d'un champ ininterrompu. Haut dans le ciel, des rapaces survolaient les champs en un vol circulaire à la recherche d'une proie.

La charrette roulait sur une terre sèche et dure, parsemée de trous. Les roues ne quittaient pas les rails que de nombreux passages avaient tracés. Par temps de pluie, j'imaginais qu'un tel trajet pouvait être plus difficile.

— Nous allons traverser la forêt, me dit mon chauffeur, heureusement que nous sommes en plein jour.

— Pourquoi heureusement ?

— Vous ne savez pas ?

— Que devrais-je savoir ? répondis-je.

— À cause de la sorcière Myrghèle qui vit dans la forêt.

Je le regardais d'un air mi-amusé, mi-étonné. Ignorant mon scepticisme du XXIe siècle, il se mit à me narrer la légende de Myrghèle la sorcière des santons[18]. Il me pardonnait mes lacunes, car pour lui, je venais de l'Orient, loin d'ici.

— À cette époque, les druides avaient une sorcière que l'on écoutait pour leur grande sagesse. L'une d'elles, Myrghèle vivait dans une cabane au milieu d'une ile qu'on appelait « Anchoine[19] ». Elle était amoureuse, mais celui qu'elle aimait restait insensible à ses avances, car il était épris d'une autre personne, Sylvianne, fille d'un pêcheur. La sorcière, jalouse, se mit à le détester et se jura de faire échouer le mariage. Un jour, une assemblée de druide se tint dans une clairière autour d'un dolmen. Des druidesses vêtues de blancs entouraient Myrghèle. Elle était recouverte d'une cape d'une blancheur éclatante. Les prêtes, assis en cercle, une faucille d'or à la main et couronné de guis, attendait la décision de la sorcière sacrée, car elle était le relais entre le Dieu et les hommes. C'était le soir et le soleil

---

[18]Nom du peuple gaulois ayant vécu dans cette région. La Saintonge est le pays des santons.

[19]Aujourd'hui disparu et remplacé par le pertuis de Maumusson.

allait disparaitre dans la mer. L'expression sévère de Myrghèle et la fixité de son regard impressionnaient les druides. La nature, sans un souffle de vent, comme figée appréhendait le verdict d'un jugement terrifiant et les druides dans l'immobilité de l'attente observaient inquiets le rituel de Myrghèle. Tous craignaient le discours de la prêtresse. Elle monta sur une grosse pierre et enleva sa cape. Dominant l'assemblée, les cheveux en bataille, la poitrine à demi nue, elle clama avec exaltation la volonté des Dieux. Le soleil avait disparu et la lune blanche éclairait faiblement le promontoire sur lequel elle s'était juchée. La haine qu'elle portait depuis plusieurs jours avait métamorphosé son doux visage en un masque grimaçant que la pâle clarté défigurait davantage. Tel un spectre, elle se mit à haranguer l'assemblée :

— Écoutez, écoutez la voix des Dieux qui sont en moi. Je suis l'envoyée des Dieux pour vous guider et vous sauver quand vient le danger. Les Dieux ne vous abandonneront pas si vous leur apportez du sang pur de vierge ! Allez et amenez la plus belle des vierges. Vous la connaissez, c'est Sylvianne. Il faut qu'elle soit immolée cette nuit même. Obéissez pour conjurer la menace du destin.

Elle baissa les bras et resta immobile, pendant que les prêtres disparaissaient dans les ténèbres afin d'accomplir la terrible tâche qu'on leur soumettait. Si le soleil avait brillé, on aurait pu apercevoir un rictus satanique lui déformer les lèvres. Mais quand vint minuit, un bruit inaccoutumé se fit entendre. Une tempête, venant de la mer, se levait. Pendant ce temps, les druides d'un pas morne et lent suivaient un groupe d'hommes portant une jeune femme à moitié morte. Le vent faisait maintenant rage et les arbres étaient secoués d'étranges frémissements. Ils se penchaient et se redressaient comme pour une incantation funèbre. Trois druidesses drapées de leurs robes s'avancèrent pour prendre la victime et la déposer sur le dolmen, pendant que les prêtes, dans le vent, chantaient leurs psaumes mystiques. Mais leurs paroles se dispersaient dans la tempête furieuse. Myrghèle escalada le Dolmen. Avec des gestes saccadés, les traits décomposés par des grimaces de haine et de jalousie, elle sortit de sa robe un poignard. Elle s'agenouilla et leva le bras pour percer le cœur de la jeune fille.

Soudain, un éclair déchira la nuit. La terre trembla et un abime s'ouvrit brusquement. Le dolmen tomba à l'intérieur ainsi que l'assemblée autour. Les arbres déracinés s'abattirent sur eux et s'écroulèrent dans le gouffre qui venait de se former. La mer déchainée monta plus haut que d'habitude. Alors une vague géante passa par-dessus la nature et engloutit tout sur son passage, noyant le village et la forêt.

Le matin, la tempête avait cessé et un calme étrange et silencieux avait remplacé la fureur de la nuit. L'ile d'Anchoine avait disparu dans les flots[20].

— Quelle terrible histoire ! dis-je quand il eut fini. Mais dis-moi, si tout le monde a disparu pourquoi craignez-vous la sorcière Myrghèle ?

— Parce que certains l'on vue et surtout, elle a continué à tuer des hommes après les avoir séduits.

Je ne répondis rien, mais je gardai le scepticisme de mon siècle. Je savais que le Moyen Âge mélangeait volontiers religion païenne, catholique et superstition. Venant d'une époque où seule la rationalité avait force de loi, je balayais d'un coup l'éventualité d'une telle possibilité. Chamard changea de sujet :

[20]Actuel « fond d'Anchoine » près de Ronce les bains.

— Nous sommes presque rendus. Mais avant d'arriver à votre futur domaine, nous allons traverser le hameau. Les vilains qui y habitent sont vos gens.

En effet, la vue s'élargit laissant apercevoir un groupe de maisons aux toits de chaume. Les animaux de la ferme allaient et venaient aussi librement que les êtres humains. La charrette se fraya un chemin à travers les cochons, les poules ou les chèvres. Les habitants, curieux, sortirent de leurs masures. Je me rendis compte de l'ampleur de la misère chez les paysans ; bossus, édentés, difformes, personne n'échappait aux rudesses d'une vie sans soins. Je contemplais une scène digne d'un tableau de Bruegel l'ancien. Depuis l'an mille, la condition des fermiers n'avait pas évolué. À vingt ans, on en paraissait quarante et à quarante, on mourait de vieillesse. Chamard arrêta la charrette au milieu du hameau et les gens, naturellement, devant une tête nouvelle, s'agglutinèrent autour de nous. J'avais du mal à réprimer mon dégout face à tant de laideur, mais mon ami ne s'émouvait pas outre mesure, de la maigreur des membres, ni des haillons qui recouvraient des corps malingres.

Il s'adressa à la foule autour de lui :

— Voici monsieur de Panisa auquel vous devrez obéissance. Il va pour un temps habiter le manoir.

Aussitôt dit, les mains retirèrent les chapeaux de paille des têtes pouilleuses. Chamard continua.

— Il faudrait une servante pour s'occuper de mon hôte comme il se doit. Veuillez désigner quelqu'un qui viendra loger au manoir.

Parmi les vilains, un brouhaha remplaça toute réponse. Les regards se croisaient sans que personne osât parler au marchand. Les hommes tinrent conciliabule un moment sans prendre de décision. Mon ami, au bout d'un moment, perdit patience et cria :

— Eh bien alors ! S'il le faut, je déciderai moi-même.

— C'est que… commença un gueux près de moi.

Du haut de ma charrette, je l'observai pendant qu'il articulait avec difficulté quelques phrases. Une large cicatrice lui déformait la joue et à chaque fois qu'il ouvrait la bouche, des dents noires apparaissaient. Je ne sus ni de sa blessure ni de sa dentition clairsemée qui en était la cause. Il s'appuyait sur une misérable fourche en bois mal taillée et je ne pouvais détacher mes yeux d'un tel spectacle.

— C'est que, continua-t-il, c'est la saison des moissons et nous avons besoin de tous les bras disponibles.

Mon ami leva les bras au ciel d'un air désespéré. Il scruta autour de lui pour trouver quelqu'un digne de ma condition. Et je finis, moi aussi, de réussir à détacher mes yeux de ce miséreux pour porter mon regard sur une jeune fille qui se tenait timidement près de lui. Tout aussi misérable que les autres, elle se tenait rachitique parmi les souffreteux. Je n'arrivais pas à lui donner d'âge. Paraissant avoir 20 ans, elle en avait peut-être 12. Elle m'observait, tout aussi intriguée que je l'étais d'eux. Elle avait les yeux cernés d'une noirceur dont je supputai mal l'origine. Je pus deviner une beauté que la rudesse de la vie et le manque d'hygiène faisaient disparaitre rapidement. Nous nous regardions sans rien dire. Peut-être aurait-elle dû baisser les yeux d'humilité devant ma personne, mais elle me fixait avec toupet. D'une autre époque, je n'aurais pas perçu cet affront, je ne vis qu'un visage émacié qui me souriait faiblement.

Mon ami par son injonction me sortit de ma contemplation.

— Eh bien, puisque personne ne veut se décider, je choisirai pour vous.

C'est alors que j'eus le réflexe de lui demander :

— Pourquoi ne pas prendre cette jeune fille ? Elle ne m'a pas l'air assez vaillante pour la fauche et me fera très bien l'affaire.

— Vous avez entendu ? dit Chamard en s'adressant aux hommes près de lui. Puis, se retournant vers la jeune fille, il lui demanda : comment appelles-tu ?

— La Bounine[21], répondit-elle simplement.

— C'est ma fille, répondit le paysan aux dents noires et dispersées.

— Très bien, dit le marchand, elle vient avec nous et servira le comte. Allez ! Viens, toi, dit-il avec empressement. Monte derrière. Bien ! dit-il s'adressant de nouveau au groupe. N'oubliez pas d'apporter des vivres au manoir.

La fille s'avança, fit le tour de la charrette et se hissa à l'arrière. Et sans un mot, Chamard fit claquer son fouet et la carriole s'ébranla à nouveau dans le chemin poussiéreux. Je me retournais. Le groupe de villageois regardait s'éloigner l'attelage. Personne ne disait mot. Peut-être n'y avait-il rien à dire. La jeune fille se taisait également. Ses jambes se balançaient au rythme des pas du cheval.

Bientôt, le hameau disparu, et la forêt reprit ses droits sur les quelques petits champs qui entouraient le village. Le chemin serpentait pendant quelques centaines de mètres pour aboutir rapidement devant la demeure. Un portail de cinq mètres de haut en fer forgé barrait l'entrée. Le marchand sauta de la charrette et sortit une grosse clef de sa poche.

---

[21]Les Saintongeais donnaient un nom féminin à tous les noms propres. La fille de Bonnin est La Bounine.

— Voici la clef du portail, je vous la donne, dit-il pendant qu'il poussait l'énorme battant.

Un seul battant suffisait pour la charrette. Aussi, il remonta et fouetta le cheval. Nous pénétrâmes dans ce qui allait être ma maison pour plus d'un hiver.

Pour accéder à la porte d'entrée, quelques marches d'un perron devaient être gravies. Cette configuration me rappelait étrangement ma maison du XXIe. Et quand mon ami me fit pénétrer, bien que l'aménagement intérieur fût différent, l'arrangement des pièces était le même. Un couloir menait à la cuisine en face. À droite une salle servant de bibliothèque à gauche le grand salon. Mon cœur se mit à battre quand je découvris les pièces au fur et à mesure de ma visite. Je regardais les quelques tapisseries qui ornaient le salon. Éclatantes de couleurs aujourd'hui, je les avais quittées ternies par le temps. Si l'époque changeait, les choses elles, demeuraient. Je retrouvais la maison que j'avais achetée septcents ans avant. Curieusement, je me sentais bien ici, puisque j'avais mes repères. Malgré tout, en entrant dans la cuisine, je m'attendais à voir Béatrice et j'eus une pointe au cœur en voyant la pièce vide. À la place de la gazinière, une large cheminée.

Nous montâmes au premier étage où Chamard me désigna ce qui allait devenir ma future chambre, mais que je connaissais déjà. La Bounine, sans un mot nous suivait ainsi que Fortune qui marchait près de la jeune fille. Puis, Chamard nous emmena à l'étage supérieur où se trouvaient les chambres du personnel de maison. Dans une des pièces, un lit était disposé face à une armoire. Il ouvrit celle-ci dans laquelle des draps et des tissus y étaient pliés. Il en sortit une robe et la tendit à la Bounine.

— Voilà ta tenue de servante, dit-il. Enfile-la et rejoins-nous en bas.

En redescendant l'escalier, je faillis appeler Fortune, mais je le vis à côté de La Bounine qui le caressait doucement. Le brave chien avait compris qu'elle avait besoin d'un peu de réconfort et il lui apportait sa présence.

— Eh bien, me dit Chamard après la visite, j'espère que vous y serez à votre aise.

— Je crois que je me plairais tout à fait, cette demeure est à mon gout.

— Très bien alors, je vais pouvoir partir tranquille. Mes affaires m'attendent et je dois vous laisser.

— Cependant, ajoutai-je, j'aimerais avoir quelqu'un d'autre. J'ai bien peur que cette jeune fille n'y arrive pas toute seule. Il lui faudrait un homme pour les besognes un peu plus rudes. Aussi, j'ai pensé à votre garçon d'écurie et il ferait très bien l'affaire.

Le marchand réfléchit un moment en se frottant la barbe et acquiesça :

— C'est d'accord, je vous donne également la charrette pour les besoins du transport. Armand reviendra avec.

— Je viendrai vous rendre visite la semaine prochaine pour vous raconter mon installation. Et j'espère que j'aurais l'occasion de revoir votre charmante fille, ajoutai-je.

— C'est vrai que vous avez passé beaucoup de temps avec elle à apprendre le langage de notre région.

— Et j'ai pu apprécier sa bonne éducation et ses manières élégantes. J'ai pu constater à quel point vous êtes un excellent père de famille.

Chamard rougit un peu. Et je me réjouis d'avoir su le caresser dans le sens du poil. Mais je n'avais pas menti et j'avais trouvé la compagnie de sa fille agréable. Je m'étais habitué à son physique et comparé à tout ce que j'avais pu voir jusqu'à présent, son charme incontestable lui conférait quelques avantages.

— Eh bien, soyez sans crainte, tout le monde sera là pour vous accueillir devant un bon repas.

Nous discutâmes encore un peu et il reprit le chemin du retour. Il me salua d'un geste du bras avant de disparaitre derrière les arbres. Je le saluai à mon tour et lui criai un au revoir, quand je sentis la langue de Fortune sur ma main.

— Eh bien, mon chien, que fais-tu là ?

Il remuait la queue et m'observait d'un air interrogateur. Je levais les yeux. La Bounine discrète patientait derrière. Sa robe n'avantageait pas un physique ingrat. Trop grande pour elle, la robe pendouillait aux épaules. Les manches retroussées libéraient des mains larges aux doigts calleux. Elle me regardait attendant visiblement des ordres de ma part.

— Eh bien, es-tu prête ?

Elle me répondit d'un signe de tête.

— Que sais-tu faire ? demandai-je à tout hasard.

Elle haussa les épaules sans répondre.

— Bien. Fais le tour de la maison. Trouve les vivres, la réserve de bois et dis-moi ce qu'il manque. Va au puits et rapporte de l'eau.

Elle se retournait pour partir, mais je la rappelais :

— Quand je te donne un ordre, tu dois répondre par « Oui monsieur », pour signifier que tu as bien compris.

Elle fit un signe de tête et je fronçais les yeux.

— Oui monsieur, finit-elle par répondre.

Je rentrais dans la maison et ouvris la porte du salon. Une grande table en chêne, flanquée de deux bancs, prenait presque toute la largeur de la pièce. La cheminée telle que je la connaissais était là. Je caressai le linteau en repensant avec amertume à mon époque. Qu'allais-je devenir dans ce monde moyenâgeux ? Sans amis, sans ordinateurs et sans avenir ? Et comment pourrai-je obtenir des terres ? Car même si je faisais le périlleux voyage jusqu'au pays des Francs, jamais je ne pourrais me faire reconnaitre par le roi et pour cause. Une bouffée de nostalgie m'envahit et s'aggrava à la vue de ma chainse et mon bliaud râpeux. Lentement, j'allais dans la pièce, sentant sous mes pas le plancher craquant. Pour éclairer la salle, deux chandelles posées sur la table me rappelaient que la journée se terminait avec le coucher du soleil. Heureusement, en cette saison de printemps, les journées s'allongeaient.

— Monsieur ?

J'entendis faiblement la voix timide de la Bounine et je me retournais me sortant un moment de mes sombres pensées.

— Il y a suffisamment de vivres pour une semaine et il y a du bois dans l'appentis, continua-t-elle.

— Merci, quand Armand sera là, il fera du feu dans la cheminée.

Je visitais les pièces que j'avais connues, mais bien différentes aujourd'hui et je sortis reconnaitre l'extérieur. Le jardin à la française n'existait pas encore. À la place, un potager s'étalait jusqu'aux arbres. J'en fis le tour, et m'écartai du manoir dans le but de retrouver la falaise. Mais j'eus beau marcher, il n'y avait aucune trace de la mer. Je m'arrêtai alors et tendis l'oreille pour percevoir le bruit des vagues, mais je n'entendais que celui du vent dans les branches. À cette époque, la côte devait être plus éloignée. Je revins à la maison pour y attendre Armand qui ne tarda pas à venir.

Une bonne heure plus tard, il arriva sur la charrette. En rentrant dans le salon où je me tenais, je constatais qu'il avait l'habitude de servir, car il enleva son chapeau en signe de respect en me voyant.

— À votre service, monsieur.

— Très bien, Armand, ta mission est surtout d'aider la Bounine que je vais te présenter, pour les tâches un peu difficiles. Mais ta première mission sera de faire un feu de cheminée. Maintenant, suis-moi, je vais te montrer ta chambre.

Il me suivit jusqu'au deuxième étage. J'ouvris la petite chambre de bonne dans laquelle je trouvais un lit fait et une armoire pleine de draps et d'habits. Je fouillai dedans, mais il n'y avait que des costumes de bonne.

— Bon, tu resteras ainsi et la semaine prochaine, je demanderai à Chamard de me donner des habits pour toi, dis-je à Armand. N'oublie pas que la Bounine aura besoin de toi, je compte sur toi pour l'aider dans ses tâches ménagères, ajoutai-je.

— Oui, monsieur, soyez sans crainte, je prendrai soin d'elle.

Je lui souriais. Il avait un visage avenant et avait l'air d'un brave garçon. Je redescendis au salon. Le bois craquait sous mes pas et dégageait une bonne odeur de cire.

À l'instar de cette époque rude, la maison manquait de confort. Puisque je n'avais pas de canapé, je m'installai sur un des bancs. Peu après, ma petite servante franchit timidement la porte du salon. Je souriais intérieurement en apercevant la tête d'Armand derrière elle et qui lui dictait sa conduite.

— Monsieur dinera à quelle heure ?

— Je mangerai tous les soirs à sept heures.

— O… Bien, monsieur.

Pauvre gamine, déjà usée par la vie. Je pouvais comparer le physique d'Armand et de la Bounine. Celui-ci était plus fort.

Mieux traité, il ne portait pas de défaut physique. J'imaginais que le marchand faisait venir le médecin quand c'était nécessaire. Luxe auquel n'avait pas droit un paysan. Il déposa du bois dans la grande cheminée et alluma le feu à l'aide d'une pomme de pin. Je lui demandai de me ramener une écritoire, des feuilles et une plume. Il me répondit qu'il n'y en avait pas à la maison, mais qu'il irait en ville dès demain. Je pensai à occuper mes journées à écrire. Après tout, tel avait toujours été ma fonction.

À l'heure dite, alors que je méditais devant les flammes, assis sur un coin de banc, la servante entra pour mettre mon couvert. Armand, lui, la suivait et m'apportait les plats.

— Avez-vous mangé ? demandai-je à Armand ?

— Non, monsieur, me répondit-il.

— Et vous ? demandai-je à la jeune fille.

— Non plus, monsieur.

— Dorénavant, vous mangerez avant moi une partie du repas que vous m'avez préparé. Vous ferez donc trois parts. Reste-t-il à manger pour vous ce soir ?

— Euh… non, monsieur, me répondit timidement Armand.

— Eh bien, bougres d'ânes ! vous voulez mourir de faim ? Et si vous mourez de faim, qui me servira ? Apportez-moi des écuelles et une louche.

Ils partirent dans la cuisine et revinrent aussitôt. Je leur versai une bonne part de soupe en y mettant le plus de légumes et de viandes possible. Les yeux de la Bounine s'écarquillèrent de plaisir à la vue du repas qu'elle allait faire. La pauvre ne devait pas manger à sa faim tous les jours. Mais avais-je à peine terminé, qu'ils tournaient déjà les talons pour se diriger vers la cuisine.

— Eh bien, où allez-vous ?

Ils se retournèrent promptement.

— Vous mangez de la soupe sans pain ? Vous n'êtes pas gourmand.

Je leur coupai une bonne tartine de pain et leur distribuais. Avec un sourire jusqu'aux oreilles, ils se précipitèrent vers la cuisine. Je commençais à manger quand je sentis une présence près de moi. Fortune sortit de nulle part, s'assit face à moi l'air quémandeur.

— Tiens, tiens, tu m'abandonnes, lui dis-je. Mais je constate que ta fidélité s'améliore aux heures des repas.

Il souleva la patte vers ma jambe.

— Je regrette, c'est ma soupe, je demanderai à Armand de te nourrir après. Maintenant dehors ! ordonnai-je d'un ton sévère.

Convaincu, il recula, tourna sur lui-même et finit par se coucher dans un coin du salon.

La semaine se déroulait tranquillement, mais je souffrais de l'oisiveté. Ma position de noble m'interdisait les travaux manuels. Aussi, j'attendais avec impatience le jour où je pourrai rejoindre mon ami en ville. J'y avais l'intention d'y faire quelques emplettes et notamment de trouver quelques livres afin de pouvoir passer les après-midis et les soirées. L'intendance s'organisa rapidement. Armand et la Bounine s'entendaient à merveille. Armand en brave garçon n'hésitait pas à offrir ses bras pour transporter l'eau du puits ou les lourdes buches destinées à la cheminée. Mon habitude de prendre une douche le matin me manquait que je remplaçais par un bain tous les jours. Le garçon amenait les seaux d'eaux chaudes dans le grand baquet disposé dans ma chambre. La Bounine m'apportait le savon et la serviette. Revenant la veille de la ville pour m'y acheter plumes et feuilles, j'en profitais pour faire les plans d'une gazinière à bois que j'avais l'intention de soumettre au forgeron du village. En attendant, j'aurais aimé améliorer le confort moderne, mais je ne pouvais proposer aucune invention qui pourrait bouleverser le cours des choses ou apporter l'incompréhension parmi mes contemporains. Il était hors de question, par exemple, d'inventer l'électricité. La création d'une gazinière intriguerait surement, mais serait acceptée par tout le monde, du moins je le supposais.

Ce fut donc le cœur joyeux que le samedi suivant, j'ordonnais à Armand de préparer la charrette, pendant que je me délassais dans mon bain matinal. J'enfilais mon costume de marchand et pris mon petit- déjeuner : du lait chaud avec un peu de miel et des tartines, que je recommandais à mes petits serviteurs.

Je montais sur la carriole et Armand fouetta l'air au-dessus des oreilles du cheval qui se mit au pas. Nous traversâmes le hameau où les paysans au travail depuis la pointe du jour, nous observaient passer avec une curiosité qui me dérangeait. La campagne riait et le cœur léger, je regardais les hirondelles virevolter autour des mésanges. Fortune était resté au manoir et je le soupçonnais de préférer la Bounine à ma compagnie, mais je ne lui en voulais pas. Il sentait surement qu'elle avait besoin de lui. Nous ne parlions pas, chacun perdu dans nos pensées pendant que la charrette poursuivait sa route au pas tranquille du cheval à travers les chemins creux. Pourtant, près d'un bosquet, j'entendis un rire étrangement satanique venant des arbres. Je tournai la tête pour voir qui s'esclaffait ainsi, mais Armand donna un coup de fouet qui eut pour effet de mettre le cheval au grand trot.

— Eh bien, Armand, dis-je, que t'arrive-t-il.

— La sorcière, dit-il le visage blême. Myrghèle la sorcière.

— Tu la connais aussi ? demandais-je.

— Tout le monde la connait ici. Je ne veux pas être sa proie, partons vite de là, dit-il d'un air paniqué.

Je m'étonnai d'une telle stupeur, et j'avais envie de rire de cette croyance ridicule.

— Mais enfin ! dis-je, n'importe quelle femme un peu dérangée peut se cacher et faire peur à des êtres un peu crédules comme toi.

— Vous n'êtes pas au courant de toutes les disparitions qui ont eu lieu dans la région.

— Des disparitions ?

Nous nous étions éloignées du bosquet et nous n'entendions plus le rire qui nous avait poursuivis un moment. Je me retournai à nouveau, mais je ne distinguais rien parmi les feuilles. Armand continuait ses explications :

— Oui, des gens disparaissent et on ne les retrouve jamais. C'est la sorcière Myrghèle qui vit toujours et qui envoute les hommes et les emmène chez elle.

— Des hommes ? Ce ne sont pas de jeunes filles plutôt ?

Je pensais à un violeur qui sévirait dans la région, mais Armand me confirma qu'il s'agissait bien d'hommes de tous âges, ce qui m'étonna fortement et qui ne contribua pas à ma croyance en cette histoire. Je restais persuadé que quelqu'un s'était amusé à nos dépens. Il fit le signe de croix et pria la vierge Marie. Malgré cela, il resta un moment perturbé et n'osait regarder derrière lui. Il ne se remit que longtemps après et lentement, content que rien de fâcheux ne survienne. Je souriais et me retenais pour ne pas me moquer de lui.

Nous arrivâmes sans encombre aux portes de la ville. Et tout de suite, l'odeur incommodante me donna un haut-le-cœur. Je préférais la douce senteur du fumier et de lait caillé que l'on humait en traversant mon petit hameau. Dans les rues, l'activité battait son plein et n'avait aucunement diminué depuis ma dernière venue. Les ruelles encombrées de marchandises ne facilitaient pas le trafic. Les gens se faufilaient entre les animaux de basse-cour et les matériaux entreposés par les artisans. La charrette se glissa tant bien que mal jusqu'à la demeure du marchand. Je sautais à terre, et Armand pénétra dans l'écurie pour y ranger l'attelage et s'occuper du cheval. Je frappais à la porte de la maison et après un moment, la femme de Chamard m'ouvrit.

— Nous vous attendions, dit-elle. Entrez et soyez le bienvenu.

Je la saluais à mon tour et elle m'entraina jusqu'au salon où m'attendait Chamard, à ma vue, il tendit de larges bras et me fit une accolade. J'étais heureux de retrouver mon ami. Il me fit assoir en me servant une coupe de vin et se mit à me parler de ses affaires qui fleurissaient davantage de mois en mois et de sa nomination certainement prochaine au titre d'échevin. Il me demanda des nouvelles de sa résidence de campagne et de mon installation.

— Ah ! fit-il en levant un doigt. J'allai oublier. Vous ne possédez pas un habit digne de votre rang. Vous êtes vêtu avec ce costume de marchand que je vous ai prêté. Permettez-moi que je vous montre quelque chose. Nous montâmes dans la chambre où sur le lit des vêtements y étaient soigneusement étalés.

— Voilà un habit correspondant à votre titre.

Je m'étais habitué aux tissus que je portais depuis un moment et j'avais oublié que j'étais vêtu à la mode des marchands. Je soulevai un à un les habits. Il s'agissait d'une cotte à gros plis, aux manches courtes. D'une chainse, des chausses et des poulaines. Je remerciai mon ami et me changeai aussitôt.

— Ces tissus viennent tout droit de Calais, ne put s'empêcher d'ajouter le marchand.

— En effet, dis-je. Ils sont fort confortables. Et je vous sais gré de votre présent.

Il était ravi, de me voir ainsi et tournait autour de moi comme une femme dans un salon de mode.

— Voilà qui vous change un homme. Que vous avez fière allure !

Nous redescendîmes au salon après l'essayage.

— Nous bûmes encore du vin quand il m'annonça l'heure de manger.

Dans les retrouvailles et le cadeau, j'avais oublié la raison pour laquelle j'étais parti le cœur joyeux ce matin. Je n'avais pas vu sa fille, et je m'inquiétai de sa présence et j'espérai la voir à table.

Je regardai les gobelets en fer-blanc disposés sur la table et je les comptai. Je fus soulagé d'en dénombrer quatre. Je savais qu'Ysabéa allait manger avec nous. En effet, elle nous attendait dans la pièce. Quand elle me vit vêtu en noble, elle eut un large sourire d'étonnement. Je m'approchai et la saluai.

— Je suis tellement heureux de vous revoir, ajoutai-je.

— Ce bonheur est partagé, répondit-elle d'une voix douce.

Je la fixai des yeux et elle me rendit son regard. J'y voulus bien lire ce que je désirai. Et je ne doutai plus des sentiments qu'elle avait pour moi.

Nous nous installâmes à table et une bonne apporta les plats ainsi que de grandes tranches de pain pour nous servir d'assiette.

Je mangeai un délicieux pâté de lièvre que j'étalais avec le couteau de mon voisin, car nous n'avions à table que deux couteaux. Pendant le repas, Ysabéa me servait du vin en me regardant avec des coups d'œil significatifs. Mon cœur se gonflait de bonheur encouragé par ses signes.

La bonne porta ensuite du poisson et enfin du sanglier. J'avais pris l'habitude, depuis mon arrivée dans ce siècle, de découper la viande avec un couteau tout en la tenant avec la main, la nappe servant de serviette. Je fus accueilli avec honneur, car il s'agissait d'un repas de fête. Celui-ci se passa joyeusement et nous discutâmes de choses et d'autres. Le vin et les œillades d'Ysabéa me transportaient de bonheur. Et c'est un peu chancelant que je quittai la pièce pour rejoindre le salon où Chamard voulut m'offrir un verre de Cognac.

Je me laissais tomber dans un fauteuil. Pendant que le marchand, bien campé sur ses jambes, ouvrit un coffre dans lequel les bouteilles étaient entreposées.

Je bus un ou deux verres ce qui acheva ma lucidité. Encouragé par un sentiment intérieur, je me dis qu'il fallait battre le fer pendant qu'il était chaud et je demandai à brule-pourpoint :

— Mon ami, je dois vous avouer quelque chose. Êtes-vous prêt à m'entendre ?

Devant le ton solennel que je mettais. Il souleva les sourcils et se cala dans son fauteuil.

— Mais bien sûr, je vous écoute.

— Eh bien, voilà ! J'ai de nobles et doux sentiments pour votre fille et je crois qu'elle en a de même pour moi. Aussi, je vous demande officiellement la main de votre fille.

Chamard resta interdit un moment et ne savait quoi répondre. Tout à coup, j'eus l'impression que l'alcool que j'avais ingurgité trompa mon objectivité. Devant la décomposition brutale de ses traits, j'eus la désagréable certitude que mon ami allait crier et me mettre dehors sans plus de cérémonie. Ma griserie s'évapora soudainement, laissant place à la raison froide.

— Mais… mais, je suis étonné de votre demande, dit-il alors.

Je fus soulagé d'une réaction moins violente que présagée, mais pas aussi enthousiaste que je l'avais espérée.

— C'est que, continua-t-il, j'avais promis ma fille au prévôt. Celui-ci est fort riche et il constitue un bon parti. De plus, celui-ci m'a déjà demandé sa main et je n'ai pas refusé.

— Mais, y a-t-il longtemps que cette requête a été faite ?

— Non, il y a environ trois semaines. Je ne lui ai rien promis certes, mais…

— Ma demande est-elle illégitime ? osai-je alors.

— Certes non ! s'écria-t-il. En réfléchissant, il est vrai que je vous préfère comme prétendant à lui. Mais les histoires de sentiments ne doivent pas interférer dans les intérêts de ma fille. Vous avez l'avantage d'être de noble lignage, mais vous avez le gros désavantage d'être pauvre.

Ce dernier argument, je le savais, était le plus crucial. Et ma survie dépendait du bon vouloir de mon ami. J'avais bien les plans d'une cuisinière, mais pas d'argent pour la faire réaliser et j'habitais une demeure qui ne m'appartenait pas. Sur ce point j'appréciais la souplesse XXIe siècle. Il fallait que je trouve un moyen de m'enrichir rapidement si je voulais obtenir sa main.

— Et dans quel délai, comptez-vous donner au prévôt votre réponse ?

— Étant donné votre insistance, je vais m'accorder un peu plus de temps. Le prévôt attend ma réponse pour la semaine prochaine, mais je vais la différer.

Une semaine, cela me paraissait bien court pour entreprendre quoi que ce soit et m'enrichir.

— Ne soyez pas déçu, d'ailleurs, si vous tenez à vous marier, je peux vous présenter la fille d'un de mes amis qui, je suis sûr, vous plaira.

La conversation dériva vers d'autres sujets comme la problématique du cours du lin et du chanvre. Après avoir dissipé ainsi le malaise qui faisait suite à ma requête impromptue, il se rappela qu'il devait me présenter à son ami. Il se leva et m'invita à le suivre. Je m'extirpai sans grand enthousiasme de mon fauteuil et je l'accompagnai. Il sortit de la maison et s'engagea dans la ruelle. Nous traversâmes la ville pour arriver sur une place, devant laquelle une bâtisse s'imposait. Elle allait devenir au fil des siècles la mairie de la ville. Nous y pénétrâmes. Le marchand devait être un habitué, car tout le monde que nous croisions le saluait courtoisement. Nous montions à l'étage. Dans une grande salle, qu'un portier ouvrit devant nous, des hommes tenaient réunions. Chamard les salua et me présenta et notamment à l'un d'eux. Tous me saluèrent poliment. Il s'entretint assez longuement avec l'un d'eux qui me jetait des coups d'œil par intermittence.

— Monsieur le comte ! s'exclama-t-il, je serai honoré de vous accueillir en ma demeure. Venez demain avec Chamard, je vous présenterai ma femme et ma fille.

Je m'inclinai légèrement en guise de remerciement et mon ami m'entraina dehors.

— Mais que lui avez-vous dit ? lui demandai-je intrigué par cette conversation étrange.

— Mais rien de plus que vous aurez l'occasion de rencontrer sa fille et que vous seriez heureux de la connaitre.

— Ne vous débarrassez pas trop vite de moi, affirmai-je en riant, je trouverai bien quelque chose pour que vous changiez d'avis à propos de votre fille.

Il se mit à rire aussi et me donna une claque à l'épaule.

— Ce repas était déjà prévu. Il vous a accepté comme invité supplémentaire. Je lui ai dit que vous étiez riche.

— Mais vous avez menti !

— En effet, mais si je le fais, c'est que je ne risque pas grand-chose. Je suis sûr que votre situation va s'améliorer. Vous m'avez sauvé la vie, je vous aiderai à vous en sortir.

— Mon ami, je ne sais que dire. Vous me sauvez la vie à votre tour.

— Il est normal que je vous rende la pareille. Et puis, si vous allez voir le roi, j'irai peut-être avec vous afin d'obtenir certains avantages liés à ma charge pour l'administration de cette bonne ville.

— Vous êtes rusé, maitre Chamard, et je comprends pourquoi vous réussissez dans les affaires.

Le marchand prit cela pour un compliment et sortit ravi de la maison.

— Étant donné que nous allons demain soir chez Lonvageau, je vous propose de passer la nuit chez moi.

— Excellente idée ! répondis-je avec enthousiasme.

En effet, ça me donnerait l'occasion peut-être de revoir Ysabéa. Et de plus, j'étais certain que le retour n'aurait pas été tranquille pour Armand. Effectivement, quand je le vis devant l'écurie discutant dans la rue avec d'autres drôles[22], je lui indiquai que nous restions ici ce soir et il fut soulagé d'échapper aux griffes de la fameuse Myrghèle.

---

[22]Terme amical pour désigner les enfants quand ils sont petits.

Après le diner, constitué d'une soupe, je retrouvai donc la chambre que j'avais connue en arrivant dans ce lieu. Je m'assis sur le lit, la tête entre les mains. Car la journée ne s'était pas passée comme prévu. Je ne vis pas suffisamment Ysabéa et j'eus un refus poli pour ma demande en mariage. Mon cœur ne battait pas aussi joyeusement que ce matin. On frappa à la porte de ma chambre. La maitresse de maison devait m'apporter des draps et je l'attendais avant de me déshabiller. Mais en ouvrant la porte, à la place de la femme de Chamard, c'est Ysabéa qui apparut. Ce fut comme si le soleil du printemps pénétrait dans ma chambre. J'ouvrais grand une bouche béate de surprise, mais elle mit le doigt sur les lèvres pour me signifier de me taire. Elle entra et discrètement, ferma la porte.

— J'ai attendu toute la journée une occasion de vous voir, commença-t-elle

Heureux de la voir, je voulais lui parler à tout prix, lui dire tout ce que je ressentais et je lui coupai la parole.

— Moi, aussi je désirai vous voir. Je n'attendais que cette occasion, et de savoir que j'allai repartir chez moi sans vous revoir, me fendais le cœur.

Cette fois-ci, elle posa son doigt fin et délicat sur ma bouche et j'en ressentis un courant électrique qui me parcourra le corps.

— Je sais, dit-elle promptement, je suis au courant, mère m'a raconté que vous m'avez demandée en mariage.

Je me paralysai dans l'attente d'une suite.

— Je suis heureuse que vous l'ayez fait et j'en suis honorée, ajouta-t-elle.

Mon cœur se réchauffa tout à coup et je lui dis :

— Vous m'aimez aussi ?

Sans attendre la réponse, je me penchai alors et je l'embrassai en l'entourant de mes bras de toutes mes forces. Mais elle se dégagea après un court instant.

— Je ne peux rester, mère m'attend. Elle connait mes sentiments pour vous, et elle m'a permis cette visite à l'insu de mon père. Je dois y aller maintenant. Mais je suis tellement heureuse. Je ne veux pas épouser le prévôt, cet homme brutal est sans éducation. Père ne veut rien savoir, et je souhaite qu'il change d'avis à votre sujet. Mère vous apprécie et elle vous appuiera auprès de son mari.

Elle me donna un court baiser et disparut dans le couloir. Je m'approchai du lit et me laissai tomber dessus ivre de joie.

J'eus du mal à m'endormir ce soir-là et curieusement, je me réveillai tôt en pleine forme. Je descendis rapidement dans la cuisine en espérant voir Ysabéa, mais je n'y trouvai que la bonne.

Je passai la journée dans les rues à observer les artisans et je flânais de-ci de-là en attendant la soirée. Je pénétrai dans une artère bondée de monde et j'eus du mal à me frayer un chemin à travers la foule. J'entendis alors des éclats de voix. Et je compris que la rue était remplie à cause d'une altercation. Je m'approchai en poussant quelques manants qui concédèrent de me laisser passer, en reconnaissant le noble en moi. Un cercle formait un espace respectable autour de deux personnes dont l'un portait un fouet. L'homme au fouet l'air dédaigneux injuriait un pauvre paysan. Personne dans la foule n'intervenait, mais on regardait la scène comme un bon spectacle. Certains riaient, d'autres attendaient la suite avec une curiosité malsaine et certains crachaient de dégout. Je jouais des coudes jusqu'au centre. Le premier prit un fouet attaché à la ceinture et se mit à battre le paysan avec violence.

Je regardais le spectacle tétanisé par tant de cruauté. L'homme au fouet s'acharnait sur le malheureux qui courbait le dos se protégeant la tête de ses bras. Je ne pus en supporter plus longtemps et je me précipitai vers le bonhomme. Je lui donnai un coup de poing et avant qu'il ne réagisse, lui arracha son instrument de torture. Sous le coup, il recula et trébucha. Une fois à terre, il me regarda d'un air mêlé de haine et de stupeur.

— Vous… commença-t-il.

Dans sa violence, il aurait bien voulu détourner son mépris contre moi, mais il fut interrompu par mon habit qui était celui de la noblesse.

— Il suffit ! Qui êtes-vous pour battre un paysan ?

— Je suis le prévôt du seigneur de Rancon.

— Et moi, je suis l'ami de Chamard que tu connais bien. Et je peux te dire que tu ne corrigeras plus aucun paysan sans avoir affaire à moi. Comprends-tu ? dis-je.

— C'est que seigneur, il méritait que je lui arrange la goule[23], commença-t-il.

Je ressentais sa brutalité à travers ses traits tirés par sa haine d'homme prosaïque. Il ne savait plus que faire. Il s'essuya le nez d'un revers de sa manche. Dans ses yeux, je lisais un désir de revanche. Puis il cracha à terre, impuissant face à moi. À ce moment, les gardes de la ville arrivèrent bruyamment. Au son des sabots, la foule se dispersa.

— Que se passe-t-il monseigneur ? me demanda le capitaine du haut de son cheval. Ce manant vous importune-t-il ?

Il descendit de sa monture. Je lui expliquai les évènements. Il haussa les épaules, étonné de tant d'histoire pour un vulgaire gueux. Ce qui me choquait aujourd'hui était malheureusement chose courante au Moyen Âge où les paysans subissaient les

---

[23]Figure en Charentais.

humeurs de leurs maitres ou toute personne de classe supérieure. Quant au capitaine des gardes, il fit embarquer la brute et le pauvre paysan battu continua son chemin sans mot dire, la chemise déchirée et sanglante, et soulagé d'être encore en vie. Je partis à mon tour quand j'entendis :

— Et mon fouet ?

Je me retournai. Comment pouvait-il oser demander son fouet ?

— Tu n'en as plus besoin.

— Mon maitre viendra vous le réclamer ! affirma-t-il d'un air mauvais.

J'avais ainsi fait la connaissance du promis de mon aimée. Chamard allait livrer sa fille à cette brute sans considération pour elle. Mais uniquement par arrangement pécunier. J'eus un mouvement d'effroi en imaginant ce couple dans la vie quotidienne. Il sera capable de battre sa femme comme il a battu ce gueux. C'était inscrit dans sa mine sadique.

Je ne pris plus attention à lui. Je revins à la maison de mon ami, un peu secoué par ce que j'avais vu. J'avais hâte de lui raconter ma mésaventure. Et il me répondit :

— Ah, monsieur de Panisa ! on voit que vous venez de pays lointains où les coutumes sont différentes. Car je m'étonne qu'une personne de votre position puisse se mêler des histoires de manants.

Et pour finir, il me donna une claque dans le dos pour signifier que ceci était sans conséquence.

— Je prendrais un verre de Cognac tout de même, dis-je.

Il se mit à rire et nous servit de bon cœur. En prenant mon verre, je m'aperçus que je tenais le fouet. Je le jetai sans remords dans le feu crépitant. Pourtant, je m'en voulais de m'être conduit comme un idiot. Je ne pouvais que constater que m'intégrer dans cette époque serait un apprentissage continuel. En frappant quelqu'un, j'avais déshonoré ma classe, celle de la noblesse. Je pris un autre Cognac pour chasser ces idées qui revenaient.

— Ne buvez pas trop, sinon vous n'arriverez pas chez mon ami ce soir.

Je ne tins pas compte de ses remarques et finis tout de même mon verre.

Quand ce fut l'heure, nous partîmes chez Lonvageau sur la charrette conduite par Armand. Chamard m'expliqua qu'il allait profiter du repas pour régler quelques affaires d'ordre politique avec Lonvageau. Nous n'eûmes pas un long chemin à faire et nous aurions pu le faire à pied, mais j'imaginais qu'il fallait préserver un certain prestige, sans savoir s'il s'agissait du mien ou de celui de Chamard. Nous passâmes la porte cochère de l'hôtel particulier du marchand dans une calèche appartenant à mon ami.

Nous fûmes reçus par la maitresse de maison qui vint nous ouvrir la porte. Je reconnus Lonvageau qui me salua. Nous discutâmes un bon moment, puis il nous entraina dans une autre pièce où la table était dressée. Avant de nous assoir, sa femme et sa fille pénétrèrent. Dès qu'elle entra, mon regard se fixa sur sa fille et ne s'en détacha plus. Sa graisse tendait le tissu de sa robe qu'une ceinture tentait en vain de contenir. Elle boitait, car un de ses pieds, déformé, se tournait vers l'intérieur. Elle répondit à mon regard par un sourire édenté.

On eut la mauvaise idée de la placer en face de moi et elle me jeta des coups d'œil continuellement, me donnant, à chaque fois, des sueurs froides. Je tentais de détacher mon regard de ce spectacle en trouvant des sujets de conversation, mais je ne pouvais m'empêcher de ramener mes yeux, comme aimanté, vers cet énorme laideron. À la fin du repas, le maitre de maison nous entraina dans une pièce attenante où il nous offrit du Cognac. Lonvageau m'observa un moment et m'annonça la liste contenue dans la dot. J'avalais ma salive. Elle comportait beaucoup d'argent, des terres non nobles, une demeure, des meubles et des animaux. Il fallait une dot solide pour accepter un mariage avec un tel laideron. Il me précisa qu'une particule associée au nom de sa famille lui procurerait fierté supplémentaire. Je lui mentis en lui disant que je souhaitai réfléchir, ce qu'il accepta. Je laissais les deux hommes d'affaires discuter entre eux et m'adressai à la maitresse de maison, qui, charmante, ne pouvait avoir pu engendrer une telle fille. Celle-ci s'appelait Bérangère et s'immisçait dans la conversation autant de fois qu'elle le pouvait. Cependant, elle le faisait avec justesse et je mis du temps à séparer un désastreux aspect physique, d'un esprit objectif et perspicace. Et au bout d'un certain temps, je pris plaisir à converser avec elle.

Quand la soirée fut enfin terminée, Armand nous attendait avec la calèche dans laquelle nous nous installâmes. Je ne pus m'empêcher de penser que l'agencement de cette soirée fut murement réfléchi. Il devait être convenu à l'avance que les deux marchands s'isolent afin de me laisser avec la fille sous le contrôle de la maitresse de maison. Chamard interrompit mes réflexions et ne manqua pas de me demander mon avis. Je ne répondis rien et je le regardai dans les yeux. Il perçut mon regard et haussa les épaules.

— Faut-il que vous soyez jeunes, vous aussi !

Autrement dit, écervelé, préférant les sentiments à la raison. Nous regagnâmes sa demeure et Armand arrêta la calèche devant la porte de la maison. Nous descendîmes et je regagnai ma chambre non sans avoir remercié et salué mon ami. Dépité, je m'allongeai sur le lit, les poulaines encore aux pieds, quand on frappa à la porte. Je me levai prestement pour l'ouvrir. Et à ma grande joie, Ysabéa entra. Tout à coup, le poids qui alourdissait mon cœur disparut soudainement. Je la pris dans les bras et l'embrassai.

— Que vous êtes romantique, m'annonça-t-elle en souriant, mais ce n'est pas pour me déplaire !

Je l'amenais avec moi sur le lit.

— Vous êtes le plus étrange des hommes, continua-t-elle. On voit que vous avez habité dans un pays lointain. Vos mœurs sont différentes.

Je l'embrassai dans le cou. Sa peau sentait la rose. Elle m'avait attendu et s'était préparée. Je délaçai lentement sa robe, pendant qu'elle défit ma ceinture. Il ne nous fallut pas longtemps pour nous retrouver nus sous les draps. Elle ressentit mon désir pressant et me repoussa doucement.

— Pas avant le mariage, me dit-elle à l'oreille.

Tout en parlant, elle glissa sa main sur ma peau et sur mon ventre. Elle posa ses lèvres sur mon torse. Sa main glissa davantage vers mes cuisses. Enhardi par son ardeur, je la caressai à mon tour. Je la couvris de baisers passionnés. Et pour me permettre de l'embrasser librement, elle se déshabilla. Nous ne pûmes résister longtemps au feu qui nous rongeait, au désir d'amour, au désir violent d'être uni. Et elle se donna à moi, comme on se donne à son destin. Elle me livra son corps comme on offre sa vie, se pliant aux caprices de la fatalité. Comme on abdique, comme on se soumet ; acceptant la providence quoi qu'il advienne. Elle me fit don de sa personne. Par cet acte, elle se lia avec moi comme on dit « oui » devant Dieu. J'acceptai ce don d'amour et je me promis de la protéger et de l'aimer toute ma vie.

Ne pouvant me résoudre à quitter Ysabéa, je restais quelques jours en ville. Mon ami, pendant mon séjour, me fit une surprise. Il invita un peintre à me faire mon portrait. Aussi, chaque jour, j'eus une séance de pose pendant une heure, pendant laquelle l'artiste reproduisait les traits de mon visage sur une toile. Ysabéa avait suggéré à son père que je devais avoir mon portrait.

Et tous les jours, Ysabéa me rendait visite. Nous passions les soirées tous les deux enlacés à regarder les étoiles qui pour elles étaient des esprits. Ses moments, pendant lesquels nous nous retrouvions, se déroulaient avec délice et mon amour grandissait au fur et à mesure de nos rencontres. Faire l'amour devenait une nécessité, un besoin absolu. Comme un besoin d'étancher sa soif, ce désir impérieux de nous réunir s'imposait bien au-dessus des préceptes de la morale ou du devoir.

Un jour, alors que je prenais un verre de cognac avec Chamard, juste après ma séance de pose, Bérangère et sa mère vinrent nous voir à l'improviste. Nous les reçûmes dans le salon où elles me firent la révérence avant de rentrer. Je m'inclinais légèrement pendant que mon ami s'avançait vers elle pour les saluer.

— Puis-je vous parler ? demanda madame Lonvageau à Chamard.

Celui-ci acquiesça et l'amena dans la pièce contigüe. Je me retrouvai seul avec la fille. Je me posais des questions sur l'innocence de cette visite impromptue et je me sentis soudain mal à l'aise.

— Voulez-vous vous assoir ? demandai-je maladroitement.

— S'il vous plait.

Elle s'approcha d'un fauteuil et s'y installait lourdement.

— J'ai trouvé votre conversation de l'autre soir très intéressante, me dit-elle promptement, et je pense que cela a été réciproque.

Je fus surpris de cette franchise et la regardais dans les yeux. Je n'avais pas remarqué qu'elle les avait bleus. Elle me fixait également comme pour tenter de percevoir en moi une émotion ou peut-être une réponse particulière. Je l'observais plus précisément et je constatai que sa jeunesse était sur le point de s'effacer. Les traits de son visage commençaient à se marquer et je tentais de deviner son âge. Elle avait relevé ses cheveux et les avait nouées sous sa coiffe, ce qui dégageait un visage malheureusement bouffi. Pourtant, elle eût été acceptable sans ces kilos en trop.

— Je… en effet, la conversation de l'autre soir a été passionnante. J'ai apprécié votre perspicacité, dis-je un peu gêné par cet aveu un peu rapide.

Elle me souriait alors, comme ravie de ma réponse tout en me regardant avec insistance :

— Vous savez que mon père cherche à me marier et que ce fut la raison de votre visite.

— En effet, dis-je stupéfié par cette effronterie, je m'en doutais.

— Alors, que pensez-vous de moi ?

Je restai un moment sans voix devant cette question ahurissante. Que cherchait-elle ? Je me demandais si c'était une provocation délibérée ou simplement une étourderie stupide.

— Je ne peux me forger une opinion sur une personne que je connais à peine. Et vous-même, quel est l'objectif de votre question ?

— Comment ça ? répondit-elle avec affront.

C'est alors que Chamard revint. Aussitôt, Bérengère se leva et rejoignit sa mère. Toutes les deux prirent congé et je restais avec Chamard, pensif, mon verre à la main.

Le lendemain, je quittai donc la maison de mon ami avec peine. Chaque séparation avec Ysabéa me déchirait le cœur. Et, en montant sur la charrette auprès d'Armand, elle vint me dire au revoir d'un geste désolé de la main, pendant que notre carriole s'enfonçait dans les ruelles étroites de la ville. Bérangère, pour moi, n'existait pas et j'avais oublié sa visite depuis la veille. Mon portrait resta chez Chamard, afin que le peintre puisse terminer son œuvre. Ysabéa me promit de me l'apporter une fois fini.

Pendant que, ballottés sur le chemin de terre, nous revenions doucement vers ma demeure, je pensais à Ysabéa et à mon infortune. Je me maudissais en me rappelant que je n'avais pas eu de chance à mon époque et que j'allais encore rater le bonheur dans celle-ci. Je sombrais dans la mélancolie. Je me sentis soudainement démuni, seul, sous la coupe d'un ami, et au destin précaire. Perdu dans un monde aux coutumes qui me dépassaient, je me posais des questions sur mon avenir.

Alors que mon vague à l'âme m'entrainait vers le bas, j'entendis la voix d'Armand qui m'appelait doucement :

— Monsieur, j'ai un message pour vous.

Je levais la tête et je vis mon petit serviteur me tendant un parchemin.

— Mademoiselle m'a donné ceci avant notre départ. Elle m'a demandé d'être éloigné de la ville pour vous le remettre.

— Un message d'Ysabéa, pensai-je. Elle avait pensé à m'écrire.

J'ouvrais fébrilement le parchemin cacheté à la hâte d'un petit morceau de cire.

« Monsieur,

C'est bien à vous que je remets mon cœur et mon âme. Les tendres pensées que j'ai de vous m'accompagnent jour et nuit. Sachez que quoi qu'il arrive, devant Dieu, je jure que jamais mon cœur n'appartiendra à autrui. Aussi, en ce jour, je garde espoir. Mère qui partage mes secrets, influence père du mieux qu'elle peut pour réviser sa position. Nous pouvons garder espoir, car rien n'est encore fait. Et Dieu, j'en suis sûr, vous a mis sur mon chemin et je m'en remets à sa sagesse toute puissante.

Bien à vous, mon tendre aimé.

Ysabéa »

À la lecture de cette lettre, ma mélancolie s'évapora en un éclair et un doux bien-être me réchauffa le cœur. Je plaçais le parchemin dans la poche de ma chainse. Cependant, je mis en doute l'influence de Dieu dans notre rencontre et je pensai que de Panisa eut, pour le coup, une influence bien supérieure.

Armand me déposa devant l'entrée de ma maison et fouetta le cheval pour l'amener à l'écurie. La Bounine nous avait entendus venir et ouvrit la porte pour m'accueillir. Je la regardais pendant que je grimpais les marches. Voilà plusieurs jours que j'avais quitté cette maison et je trouvais bien changée ma petite servante. Si quand elle vint avec moi la première fois, elle se renfrognait souvent, son état malingre accentué par des joues creuses et les yeux noircis, lui donnait un air sombre et déprimé. Elle se métamorphosa en peu de temps à mon service. Elle avait retrouvé des couleurs et du poids. Sa peau, redevenue sans tache et lisse, illuminait un visage transformé par de bonnes joues fraiches qui l'avaient rajeunie de quelques années. Le noir autour des orbites s'estompait et je pouvais admirer de beaux yeux clairs. Grâce à l'effet conjugué d'une nourriture correcte et de travaux faciles, la Bounine devint rapidement une belle jeune fille.

Elle m'accueillit par une petite révérence pendant que Fortune, joyeux de me revoir, tournait sans cesse autour de moi en remuant la queue.

— Bonjour monsieur, votre retour s'est-il bien passé ?

— Oui, répondis-je, merci.

— Avez-vous besoin de moi ?

— Non, tu peux rejoindre Armand, il s'occupe du cheval. Il aura certainement besoin d'aide.

Elle fit de nouveau la révérence et partit en vitesse derrière la maison. Je souriais, car je savais qu'elle attendait le retour du jeune homme avec impatience. Armand n'avait pas besoin d'elle pour mener l'attelage à l'écurie. Mais ces deux-là s'étaient entichés l'un de l'autre dès les premiers jours.

Je rentrais dans ma maison qui elle, n'avait pas changé. Le dénuement contrastait avec le riche intérieur de la maison de Chamard.

Je m'installais sur le banc du salon et méditais sur mon futur incertain. Après un moment, je sortis et fis le tour du manoir pour rejoindre Armand. En chemin, je regardais le potager qu'il avait réalisé. Tous les matins, Armand et la Bounine récoltaient les légumes mûrs. Pendant que je scrutais les plantes, le garçon vint me rejoindre.

— Demain, tu iras au hameau pour prévenir les habitants que je réclamerai la taille.

— Bien, monsieur.

— Avons-nous suffisamment de légumes ?

— Beaucoup, monsieur, certains vont même pourrir. Nous commençons à en avoir de trop.

— Tu iras les vendre au village le jour du marché.

Le garçon tenait en main un panier en osier. Je lui demandai également où il avait acheté cet objet. Il me répondit qu'il l'avait fabriqué lui-même. Je méditais en pensant que nous pourrions fabriquer des paniers pour les revendre. Mais à cette époque, un noble ne pouvait pas, sous peine de déshonneur, vendre le fruit de son travail.

Les soirs rallongeant, j'en profitais pour découvrir les alentours en faisant quelques pas. J'avais avec moi un solide bâton de marche, non pas pour m'aider à marcher, mais pour prévenir d'éventuelles attaques. Ce siècle n'était pas aussi sûr que le XXIe. À la tombée de la nuit, je revenais chez moi.

Ce soir-là, installé au bureau de ma chambre, je lisais une bible que le marchand m'avait confiée. Je devais m'instruire au mieux au sujet de la religion. Et puis ce livre m'aidait malgré tout à passer le temps. Habitué à l'éclairage électrique, la chandelle diffusait trop peu de lumière et je l'éteignis pour me coucher. Dès que je soufflais sur la flamme, le noir total envahissait la chambre. Pas d'éclairage urbain pour briser la pénombre. Seule la lune, quand elle brillait, pouvait percer la nuit de sa lumière blafarde. Pourtant, il me sembla voir à travers la fenêtre une pâle lueur blanche. Je n'y prêtais guère attention, mais un rire étrange venant de dehors m'intrigua. Je me levai dans le noir et à tâtons, m'approchai de la fenêtre. Je vis alors dans la nuit un halo lumineux se mouvant dans les arbres. J'ouvris discrètement la fenêtre. Je n'y entendis aucun bruissement de feuille ni aucun autre son. J'avais beau scruter du mieux possible, mais la lumière blanche s'enfonçait dans les bois. Soudain, une mélodie chantée par une femme me parvint.

À cette époque, personne ne se risquerait dans le noir. De plus, cette personne avait pénétré dans ma propriété. Je repensais alors à Myrghèle dont m'avait parlé Armand. J'eus le désir impérieux de m'y rendre. Je rallumai ma lampe à l'aide de mon briquet médiéval, mis ma chainse et chaussais mes poulaines. Tout en me préparant, je repensais à la légende qu'on m'avait narrée et qui terrorisait bien des gens dans la région. J'avais pensé que quelques violeurs ou bandits avaient bien utilisé cette histoire pour leur profit personnel et cette fois-ci, on voulait manifestement m'effrayer. Était-ce pour que je quitte la région ? Si oui, j'avais hâte de connaitre le fin mot de l'affaire. Sûr de moi, car non-croyant, je descendis en vitesse, pris mon bâton de marche que je laissais habituellement devant la porte d'entrée et me précipitais dehors en direction du halo.

Je descendis les marches du perron précipitamment et commençais à fouler la terre. Mais, dans ma hâte, la lumière de ma lampe vacilla, alors je ralentis ma progression. Puis, je fis attention à faire le moins de bruit possible. J'allais prudemment dans l'herbe, scrutant la nuit du mieux que je le pouvais. Je m'éloignais suffisamment de la maison et je fis encore quelques pas hésitants, car j'eus soudainement conscience du noir qui m'entourait. Je me trouvais seul au milieu de nulle part. Je ne percevais plus ma demeure ni la végétation qui m'entourait. Seule la faible lumière m'attirait comme un papillon de nuit vers le réverbère. Le rire se fit entendre de nouveau, mais se tut rapidement. Un frisson me parcourut le dos et je me sentis vulnérable. Qui était devant moi ? Je voulus rebrousser chemin, mais je ne savais plus où je me trouvais. J'avais perdu mon orientation. Cette lumière fantomatique constituait mon seul point de repère vers laquelle je m'approchais doucement. Je pris conscience du silence qui m'enveloppait et ma peur augmenta. Je commençais à me poser des questions sur ce halo lumineux et mon imagination, aidée par la peur, s'accroissait. Était-ce possible que ce fût un fantôme ? Pourquoi quelqu'un viendrait-il en pleine nuit ? Je marchais dans sa direction, attentif au moindre son. J'arrivais à la lisière des bois. J'avançais prudemment évitant de faire craquer les branches. La lumière blanche était plus intense. Je me rapprochais donc. Je m'arrêtai pour tenter de percevoir quelques bruits, mais rien ne me parvenait.

Par contre, venant de la maison, les aboiements de Fortune transperçaient faiblement la nuit jusqu'à moi. Il avait dû sentir mon départ et m'appelait à travers la porte. Je marchais encore un peu et la lumière s'intensifiait devant moi. Je n'étais plus très loin. J'écoutais davantage et ralentis mon pas. Je tenais prêt mon bâton au cas où. Pourtant, je n'entendais toujours rien et je ne percevais ni silhouette ni rire. Je stoppai de nouveau. Plus loin, le halo illuminait les buissons et les branches et à travers les arbres, les ombres vacillantes donnaient un spectacle fantomatique à la forêt dont les rameaux qui se mouvaient imperceptiblement lui conféraient un air mystérieux. Je tins plus fermement mon bâton et avançai encore pas à pas.

Dans la forêt muette, seuls mes pieds faisaient bruisser les feuilles mortes. Le silence amplifiait exagérément les sons et je maudissais mon manque de discrétion. J'approchais davantage et au bout de quelques mètres, je pus deviner la source. La lumière était dissimulée derrière un arbre. Elle éclairait autour d'elle, mais je ne voyais personne. Je m'avançais en me cachant tant bien que mal derrière des troncs. Et enfin, quand je fis le tour de l'arbre, je ne vis qu'une ou deux chandelles recouvertes d'un tissu blanc ce qui expliquait ce halo blafard. J'eus soudain la désagréable sensation d'avoir été attiré dans un piège dans lequel je m'étais fait avoir comme un idiot. Je scrutai autour de moi essayant de percer le noir pour apercevoir quelque chose. Mais il n'y avait que ces bougies qui éclairaient les feuilles à terre et les branches alentour. Dans le silence, j'étais à l'affût de quelques bruits, mais en vain. Je m'approchai des bougies, mais je ne vis rien de particulier. Je ne savais pas pourquoi on avait cherché à m'attirer ici. Pourtant, je n'osai m'aventurer plus loin dans le noir. À moitié rassuré, je préférais revenir à la maison. J'allais partir quand j'entendis un bruit de feuilles écrasées. Je me retournai subitement, mais je reçus un coup si fort que j'ai cru que mon crâne explosait et je perdis connaissance.

Quand j'ouvris les yeux, je ressentis une douleur tellement vive que j'eus un haut-le-cœur. Je voulus bouger, mais mon mal à la tête s'accentua. Je regardai devant moi et je commençais, petit à petit, à voir autour de moi. Je mis un certain temps avant de pouvoir décerner mon environnement. J'étais dans ma chambre. J'avais trop mal pour me poser des questions, mais je reconnus la Bounine qui me parlait près de moi. Je ne bougeai pas la tête et je sentis qu'elle quittait la chambre. Un peu plus tard, Armand entra.

— Armand, dis-je faiblement.

Il m'avait entendu, se pencha et s'approcha de mes lèvres.

— Va chercher de l'écorce de saule. Fais-m'en une infusion dans une timbale.

Il sembla hésiter, mais il finit par partir. La Bounine tenta de me parler, mais d'un signe de la main, je la fis taire. Je n'avais pas la force de discuter.

Je fermais les yeux pour soutenir le mal lancinant qui frappait ma tête comme un marteau. J'attendis un moment avant qu'Armand ne revienne. Il avait compris ce que je demandais, car il me tendit une timbale que je pris. Il m'aida à me soulever et je bus mon breuvage en espérant qu'il fasse effet.

— Reviens dans une heure avec la même chose, murmurai-je en lui tendant mon gobelet.

Ce qu'il fit une heure après. Quand il revint, ma tête me lançait moins. Je bus encore mon remède et lui demandai de recommencer un peu plus tard le temps que l'aspirine fasse effet. Je me touchai la tête et sentis du linge me recouvrant une plaie qui avait abondamment saigné. Je me reposai encore un peu avant que le garçon ne revienne.

— Comment vous sentez-vous, monsieur ? me demanda-t-il.

— Beaucoup mieux, répondis-je. Peux-tu me dire ce qu'il s'est passé ?

— Ah, monsieur, nous avons eu peur qu'ils ne vous aient tué. Je suis bien heureux de voir votre santé s'améliorer. Vous n'avez rien au crâne, à part une bosse énorme et quelques cheveux en moins. Figurez-vous que vous êtes resté sans connaissance depuis cette nuit. Fortune a aboyé dans la pénombre. Le chien n'aboie jamais d'habitude. Aussi, je me suis levé. Il grattait la porte avec insistance. Je suis remonté dans votre chambre et j'ai vu que vous n'y étiez plus. Je suis alors redescendu. À peine j'avais ouvert la porte que le chien se précipitait dehors. J'ai tenté de le suivre, mais je ne pouvais guère aller vite dans la nuit. J'ai tout de suite compris que vous aviez été attiré dans les bras de Myrghèle. J'ai eu très peur, mais j'entendais au loin le chien qui aboyait et qui grognait. Il se passait quelque chose. J'ai crié après lui. Et quand je suis arrivé, vous étiez allongé parterre la tête en sang. Fortune vous gardait en grognant méchamment. Il n'y avait plus personne sauf la lanterne qui vous avait attiré. La Bounine s'était levée aussi, mais elle a préféré garder la maison.

À ce passage, je souriais intérieurement. Ce brave garçon voulait protéger la Bounine par cet artifice. Car la maison n'avait pas besoin d'être gardée. Seule la peur empêcha la jeune fille de s'aventurer dans les bois sombres. Il voulait excuser la Bounine de ne pas avoir accouru à mon secours. Armand poursuivit.

— Je suis vite retourné à la maison et pris la petite échelle en bois. J'ai demandé à la Bounine de me suivre en tenant la lampe. Je vous ai hissé sur l'échelle qui m'a servi de travois pour vous ramener. Puis tant bien que mal, nous vous avons porté jusqu'ici. La Bounine vous a mis du linge sur votre tête, car vous saigniez. J'ai cru que vous étiez mort, car voilà depuis ce temps que vous êtes ainsi. Dieu merci, vous êtes vivant. Je suis allé en ville prévenir Chamard, mais il n'était pas là. Mais Ysabéa a voulu que je l'amène. Elle a refait votre pansement sur votre tête après avoir lavé la plaie et nous a rassurées sur votre état de santé.

— Ysabéa, dis-je. Où est-elle ?

— Elle est partie faire une promenade, mais elle va revenir.

En effet, j'entendis des pas dans l'escalier. Ysabéa entra dans la chambre. Armand avec tact s'en alla.

— Monseigneur, dit-elle comment vous vous sentez ?

— Bien, merci, grâce à mes deux petits serviteurs, Fortune et vous, bien sûr. Je vous sais gré d'être venue. À votre vue, je me sens beaucoup mieux. D'ailleurs, je n'ai presque plus mal à la tête.

— Vous avez reçu un sérieux coup. On aurait voulu vous tuer qu'on ne serait pas pris autrement.

— Oui, la fameuse Myrghèle n'est qu'une histoire pour que des bandits puissent œuvrer en paix.

— Où se servent-ils d'elle pour commettre des crimes ? répondit-elle. Myrghèle se vengera, c'est sûr. Dieu a veillé sur vous. Remerciez-le.

Je ne dis rien, car une croyance fortement ancrée ne pouvait que difficilement s'extraire. Puis, Ysabéa se pencha et me déposa un baiser sur mes lèvres.

Les infusions d'écorces de saule et les traitements d'Ysabéa me remirent de ma blessure au bout d'un jour ou deux. Elle en profitait pour s'allonger près de moi et me serrer dans ses bras. Elle ne voulut pas rester avec moi le soir, mais je goutais des bons soins qu'elle me prodiguait. Puis je reçus la visite du marchand et de sa femme. Mais ils ramenèrent avec eux leur fille qui ne pouvait plus demeurer avec moi maintenant que j'étais guéri. Avec regret, je la vis partir dans la calèche qui l'éloignait de moi encore une fois.

Une fois bien remis, je me levai avec l'envie d'aller dehors. J'appelai Armand et une fois qu'il m'eut rejoint je lui ordonnai :

— Viens avec moi. Nous devons retourner sur les lieux de l'agression.

— Pour quoi faire, monsieur ?

— Nous pourrons peut-être retrouver quelques indices.

— Des indices ?

— Oui, va chercher Fortune.

Je m'avançais dans le bois vite rejoint par le chien et son petit-maitre.

— Te souviens-tu exactement où c'était ?

— Juste un peu plus loin, nous approchons.

En effet, au bout de quelques pas, nous retrouvâmes la lanterne qui gisait encore au même endroit.

— Maintenant, marche prudemment et regarde bien le sol. Tu trouveras peut-être un bout de tissus ou autre qui serait resté de cette nuit-là. Déjà, nous avons la lanterne.

— Bien, monsieur.

Et nous nous mîmes à scruter le sol feuillu. Rapidement, contrastant avec le marron des feuilles, je vis un point de couleur. Je m'approchais et ramassai un morceau de tissus de couleur rouge. Je le mis dans ma poche. Fortune avait bien compris ce qu'il fallait faire et lui aussi, tournait dans tous les sens, le museau au ras des feuilles mortes. Je le vis s'éloigner et s'arrêter un instant. J'allais vers lui. En me penchant, je vis quelque chose briller, bien caché sous les herbes. Je grattai avec les doigts et y dénichai un petit médaillon en or à l'image d'un Saint. Fortune poussa un petit aboiement pour me signifier de le récompenser pour cette trouvaille. J'accédai à sa demande :

— Mais oui, le chien, c'est bien, dis-je en le caressant, pendant que sa queue battait de plus belle. Puis, à Armand, je dis. Tiens, Armand, dis-je, regarde ce que j'ai trouvé. Reconnais-tu ce personnage ?

Le jeune homme s'approcha et observa le bijou.

— On dirait Benoît, le saint patron des agriculteurs.

— Est-ce que l'esprit de Myrghèle porterait un médaillon ? demandai-je.

— Assurément non, répondit-il.

— Nous avons donc affaire à une personne bien vivante et une personne ayant les moyens de posséder un bijou en or. Cherchons encore. Je crois que Fortune, en voulant me défendre, a arraché des morceaux de tissus et autres indices. Quand le ou les bandits t'ont entendu arriver, ils ont pris peur et n'ont pas demandé leur reste.

Le chien reniflait toujours et Armand élargissait le rayon des recherches. Mais au bout de longues minutes à scruter le sol ou regarder dans les branchages, nous n'avions trouvé aucun morceau de vêtement supplémentaire.

— Arrêtons-nous, ordonnai-je à Armand et entrons à la maison. Je crois que nous ne découvrirons rien de plus.

De retour avec le tissu, le bijou et la lanterne, je déposais mes trouvailles sur la table du salon.

— Eh bien, nous voilà avec des éléments que devraient regretter les bandits qui m'ont assailli.

— Oui, mais, ceci ne nous dit pas qui. Affirma la Bounine qui venait de pénétrer dans le salon attiré par la curiosité.

— Il ne s'agit pas de savoir qui, pour l'instant, mais de considérer ce que nous avons. Nous ne savons pas s'ils étaient plusieurs ou non. Mais nous avons un bijou et un bout de tissus rouge. Nous pouvons penser qu'il s'agit d'un paysan. J'ai du mal à croire qu'une personne aisée détrousse les gens. À moins qu'il ne soit pas question d'un vol.

— Mais de quoi alors ? demanda Armand.

— De quelqu'un qui voulait se venger de moi surement. Car il en faut de la mise en scène pour m'attirer dans les bois la nuit. Mais voulait-on que je vienne ? Peut-être cherchait-on simplement à m'effrayer.

— Pourquoi veut-on vous faire peur ? demanda la Bounine.

— Pour que je quitte la région peut-être. Tu te souviens Armand, en allant en ville ? Nous avons entendu des rires sur le chemin.

— Oui, j'ai eu très peur.

— N'était-ce pas une tentative pour nous effrayer ? repris-je alors.

— Pourquoi quelqu'un voudrait terroriser monsieur ? demanda encore la Bounine.

— C'est une question à laquelle il faudra répondre. Je gêne quelqu'un assurément. En quoi je le gêne ? Voilà une autre question. Si nous arrivons à répondre à ces interrogations, nous saurons le qui.

— Moi, dit la Bounine, je suis sûr que les mauvais esprits ont manigancé tout ça.

— Je dis pareil. Il n'y a qu'eux pour hanter les bois la nuit, approuva Armand.

— Mais les esprits, dis-je, peuvent-ils porter les bijoux et trimbaler des lanternes ?

— Ça, c'est vu, dit la Bounine avec conviction.

— Je serais d'avis de jeter tout ça au feu, pour que les esprits ne viennent pas dans la maison, dit Armand.

Je les regardai avec stupéfaction. Leur croyance dépassait tout sens du rationnel.

— Bien, dis-je, je les jetterai au feu. Maintenant, laissez-moi seul.

J'attendis qu'ils quittent la pièce. Je lançai la lanterne dans la cheminée, mais je conservai dans ma poche le morceau de tissu et le médaillon.

Ma tête recommençait à me faire mal et j'appelai la Bounine pour qu'elle me prépare une infusion d'écorce de saule. J'en profitai pour enlever mon bandage et regardai ma blessure dans un miroir. Ysabéa avait nettoyé ma plaie, mais je voyais une cicatrice se former. Un hématome recouvrait une bonne partie de la tête.

— Il ne faut pas enlever votre bandage ! s'exclama ma petite servante en rentrant dans la pièce avec ma timbale. Madame Ysabéa m'a bien dit que vous deviez le porter encore un peu.

— Eh bien, refais-le alors.

Je m'assis afin qu'elle puisse me repenser et en profiter pour boire mon infusion.

— Tu diras à Armand qu'il prépare la charrette pour demain, j'irai au hameau percevoir mes impôts.

— Mais monsieur, Armand va au marché de la ville pour vendre les légumes du jardin.

— Dans ce cas, j'irai dimanche prochain. Par contre, tu vas aller avec lui. Et avec une partie de l'argent gagné, tu achèteras du fil et du nécessaire à couture, du tissu, le plus fin possible et le plus joli que tu trouveras.

La suggestion d'accompagner Armand illumina son visage d'un large sourire. Mais une petite inquiétude la tracassait :

— Mais comment je pourrais choisir un tissu sans savoir s'il vous plait ?

— Je te fais confiance. Tu es une fille. Tu as bon gout et je sais que tu choisiras quelque chose qui me plaira.

Elle rougit à ce compliment et parti en courant.

Le lendemain, je me réveillai de bonne heure. Armand préparait déjà la charrette. Il avait construit pour l'occasion des casiers en bois une table et des tréteaux que je lui avais commandés. Je voulais peindre des petites pancartes indiquant le prix des produits, mais la grande majorité ne savait pas lire. J'oubliai cette idée révolutionnaire.

Je le regardais par la fenêtre faire ses préparatifs et quand il fut prêt à partir, je vis la Bounine monter à ses côtés et l'embrasser. Fortune monta à sa suite et Armand donna un coup de fouet et les chevaux s'ébranlèrent.

Ils revinrent assez tard dans l'après-midi s'arrêtant surement en route pour se câliner. Et Armand me fit son rapport.

— Tous les légumes n'ont pas été vendus, mais j'ai pu tirer un bon prix du reste.

La Bounine me montra avec un peu d'anxiété le tissu qu'elle avait choisi.

— Très bien, dis-je en déballant, tu as fait un très bon choix. Avec ce tissu et des plumes, je voudrais que tu me fabriques un oreiller.

— Oui monsieur.

Le dimanche suivant, j'allais au hameau, récolter le fruit de mes impôts. Le village « appartenait » à mes terres, aussi, je faisais valoir mes droits en me plaçant à la sortie de l'église. J'y allais avec ma servante afin qu'elle puisse revoir sa famille. Son père reconnut à peine sa fille tellement celle-ci avait changé. Je lui louais son dévouement et il fut satisfait de sa bonne fortune.

La perception de la taille ne fut pas bien grosse, mais elle me permettrait de survivre. Je ne possédais pas les principes de cette société où l'oisiveté distinguait la noblesse. Le commerce, le travail manuel n'appartenaient qu'aux autres corps d'état. Autre atavisme de l'époque : le mépris de l'argent. Bien des nobles confiaient le soin de l'encaissement des impôts à des tenanciers qui s'enrichissaient sur le dos des paysans et exploitaient du même coup le seigneur pour lequel ils travaillaient. Le prévôt faisait partie de cette espèce. Je n'avais pas de sang noble dans les veines ni les scrupules qui empêchaient la noblesse de s'enrichir. L'interdiction pour un noble d'exploiter ses terres pour nourrir les bourgeois était formelle. Pour notre consommation personnelle, ne pouvant manier moi-même l'outil pour raison de statut, j'en confiais le soin à mes deux serviteurs.

J'écrivis à Lonvageau une lettre ou j'expliquais que je refusais la main de sa fille. J'en fis une autre à l'attention de Chamard, dans laquelle je lui demandais si mon portrait était terminé.

À Armand, outre le potager, je lui réclamai un jardin à la française sans gazon, devant la demeure dont j'avais fait les plans. Il les regarda d'un air dubitatif et ne comprenait rien au papier que je lui montrai. J'abandonnai donc le papier et j'entrepris de lui indiquer à grandes enjambées le futur emplacement des haies des fleurs et du gravier que je tenterais de trouver dans une carrière.

Pendant que je donnai mes explications, un bruit de sabot me fit lever la tête. Une calèche tirée par deux chevaux entra dans la cour. Un homme et une femme que je ne connaissais pas se tenaient à l'arrière. Le cocher arrêta l'attelage juste à côté de nous. À leurs costumes, je compris que j'avais affaire à des nobles. Le cocher sauta prestement et déplia un petit marchepied permettant à la dame de descendre, aussitôt suivi par son mari.

— Je suis le seigneur de Rancon et voici mon épouse.

— Monseigneur, je suis comte de Panisa. Je vous souhaite la bienvenue.

La femme fit une révérence.

Je constatai que l'homme portait une épée sur le côté. Avec les dernières mésaventures que j'avais subies, une épée pourrait m'être utile dans ce monde incertain. De plus, elle me permettrait d'affirmer mon rang. J'avais bien pratiqué un peu d'escrime dans ma jeunesse et je pensai que cette formation serait suffisante pour tenir à distance des brigands ordinaires.

— Étant donné que nous sommes proches voisins, dit-il, j'en ai profité pour vous rendre une visite impromptue. J'espère que vous ne m'en tiendrez pas rigueur.

— Pas le moins du monde, répliquai-je. Je suis enchanté de votre venue et de connaitre mes nouveaux voisins.

Nous échangeâmes quelques formules de politesse, et j'attendais patiemment le but réel de leur visite. Car s'il s'agissait de la curiosité de la part de la Comtesse, je présumai qu'il en était un peu différent pour son mari. Contre tout usage, ils n'avaient pas prévenu de leur visite, ce qui me laissait perplexe. Je leur fis donc les honneurs de la maison et quand je leur proposais de rester, ils refusèrent.

— En fait, nous venions en curieux, mais je serais bien sûr très heureux d'accepter une autre fois votre invitation. Maintenant, nous devons nous quitter.

Ils firent mine de monter dans la calèche quand la femme se décida :

— Vous commencez à être connu dans la région, vous savez. Vos exploits sont parvenus jusqu'à nos oreilles.

Ils avaient attendu la fin de la visite pour enfin me dire sa raison. Malgré le titre de noblesse qu'ils portaient, cette diplomatie était toute paysanne.

— Mes exploits ? demandai je surpris. Quels exploits ?

— Vous vous êtes bien interposé entre notre prévôt et un paysan, n'est-ce pas ?

Tout s'éclaircissait. Ils venaient régler un différend, puisque cette brute de prévôt qui allait se marier à Ysabéa leur servait de tenancier.

— En effet, je me souviens que ce prévôt maltraitait sans raison un pauvre paysan. Je suis juste intervenu pour interrompre cette barbarie injuste.

— Injuste ? demanda monsieur de Rancon.

— Frapper avec un fouet quelqu'un parce qu'on occupe la rue me parait d'une injustice flagrante en effet.

— J'ai eu un autre son de cloche. Mon prévôt ne m'a pas dit la même chose le coquin. Il m'a donc menti.

La parole d'un noble ne pouvait être mise en doute sans remettre en cause son honneur. Aussi, de Rancon ne remit pas en cause mes dires.

— Enfin, continua-t-il, quelle importance, un vulgaire paysan.

Ma mentalité du XXIe siècle m'empêcha de laisser ce mépris à l'égard d'un vilain sans réponse.

— Monseigneur, demandai-je, mangez-vous du pain à table ?

— Bien sûr, répondit-il, comment pourrait-on concevoir un repas sans pain ! Mais je ne vois pas où vous voulez en venir.

— Eh bien, cher monsieur de Rancon, j'estime qu'il ne faut pas maltraiter celui qui vous le donne.[24]

Il ne me répondit qu'en me regardant d'un air interrogateur. Il monta à la suite de sa femme dans sa calèche et une fois installé, il continua :

— Au fait, mon prévôt voudrait récupérer son fouet.

— Son fouet ? Je pense que ce ne sera guère possible. Je l'ai mis au feu. D'ailleurs, vous lui direz que cet objet ne fait pas partie des instruments de travail habituels des tenanciers. S'il a un message pour moi, il sait où j'habite.

— Je lui rapporterai vos paroles. Au revoir, monseigneur.

---

[24]Réponse que fit Louis XII à un noble qui avait maltraité un paysan.

Je le saluai également et les regardai partir avec une pointe d'amertume. Je trouvai assez déshonorant de leur part de se faire le messager de cette brute. « Voilà des personnes que je ne suis pas près de revoir », pensai-je.

Les jours passaient à la réalisation de divers travaux ou de préparations culinaires en vue de l'approche de l'hiver prochain. Après la glandée, les cochons les plus âgés, destinés à la survie des hommes, étaient sacrifiés et confectionnés par l'ensemble du village. La Bounine s'activait au salage de la viande, puis les jours suivants, elle faisait de la confiture avec les mures qu'Armand lui avait cueillies. Chaque fruit de saison : les châtaignes, les champignons ; ainsi que les plantes médicinales étaient préparées et conservées dans l'attente du grand hiver.

Un matin, un paysan m'apporta un papier cacheté. Il venait d'Ysabéa et je fus heureux à l'idée d'avoir une lettre de sa main. Le contenu était court et la lecture m'inquiéta plus qu'elle me réjouit.

« Mon bien-aimé,

J'ai une nouvelle d'importance à vous communiquer. J'aimerais bien vous la dire de vive voix, car il s'agit plus de la volonté du seigneur que de mon vouloir. Je vous garde dans mon cœur pour toujours.

Votre bien-aimée »

Ce courrier, empli de mystère, m'incita à demander à Armand de préparer la charrette. Je ne savais pas monter à cheval et je me déplaçais toujours avec la carriole, ce qui devait bien intriguer mes petits serviteurs. Cependant, ils ne posaient guère de questions à ce sujet de peur de m'importuner.

L'attelage allait lentement sur les chemins de terre, ce qui me laissait le temps de m'interroger au sujet de ce message. Je le relisais sans cesse pour tenter de décrypter le sujet. Armand, à mes côtés, concentré sur la route, guidait le cheval consciencieusement. Je finis par plier le papier et le ranger dans ma poche. Un vent frais s'immisçait sous mes vêtements. Je levai la tête vers le ciel. Quelques cirrus annonçant une pluie prochaine voilaient le ciel par endroits. L'été combattit bien longtemps avant de laisser place à l'automne qui régnait désormais en maitre.

— Il va pleuvoir demain, me dit Armand devinant que je scrutai le ciel. Les labours vont bientôt commencer.

Je ne répondis rien, mais je craignais l'arrivée du mauvais temps. Je ne m'imaginais pas regardant la pluie tomber à torrents derrière ma fenêtre sans pouvoir sortir. Je redoutais l'ennui dans ma demeure, terré comme un lapin dans son terrier.

— J'ai hâte qu'il pleuve un peu, continua-t-il. Nous pourrons aller aux champignons. Je connais beaucoup de coins à girole ou ceps.

— Ça nous promet de bons repas en perspective, répondis-je sans enthousiasme.

— Les coins que je connais sont dans la grande forêt et il y a des loups. Peu de personnes s'aventurent dedans par peur des loups, car on dit qu'ils sont sous le pouvoir de Myrghèle.

— On dit beaucoup de choses, dis-je.

— Vous ne croyez pas à cela, alors que vous avez été attaqué par cette sorcière.

— Comment savoir ? demandai-je. La Bible parle-t-elle de Myrghèle ?

— Notre curé nous dit qu'elle s'est acoquinée avec le diable[25]

Je haussais les épaules.

— Si je comprends bien, tu es un des rares à pénétrer la forêt pour récolter des champignons.

— Exactement et savez-vous pourquoi ?

Sans attendre ma réponse, il sortit de sa chemise une bourse suspendue à son cou, l'ouvrit et en retira avec une grande précaution un trèfle à quatre feuilles.

— J'ai mon talisman, dit-il fièrement en me montrant son trésor.

— En effet, voilà une bonne solution.

Après un long moment à travers la campagne verdoyante où les lapins courraient sans crainte sur les chemins, nous arrivâmes en ville. Comme d'habitude, Armand apporta le cheval à l'écurie après m'avoir déposé devant la porte de Chamard. Je toquais et la porte s'ouvrit soudainement. Ysabéa m'attendait. Sans cérémonie, elle m'entraina à l'intérieur.

— Père et mère ne sont pas là et c'est tant mieux, nous allons pouvoir parler.

— J'ai reçu ton message. Que se passe-t-il ?

Elle ne me répondit pas, mais me guida vers le salon où elle me fit assoir. Je m'installai dans un fauteuil, mais elle préféra rester debout. Elle semblait vouloir une chose et se ravisait. Ses mains bougeaient en un tas de gestes désordonnés comme mus par des volontés contraires. Ils cachaient des sentiments troublés. Je me levai et la pris par les épaules.

— Que se passe-t-il ? Tu me parais bien inquiète.

---

[25]À cette époque, les curés provenaient le plus souvent des fils cadets de paysans. Sans cultures religieuses sérieuses, ils mélangeaient volontiers croyances locales et religion.

Je la forçai à s'assoir et je m'installai près d'elle. Je lui caressai doucement la joue. Elle ne put se retenir une rivière de larmes et se blottit contre mon épaule. J'attendis que viennent quelques hoquets. Puis elle se dégagea et me regarda droit dans les yeux :

— J'attends un enfant de vous.

Cette nouvelle illumina mon visage de bonheur, mais le sien, à cet instant, se métamorphosa, subitement en réaction de stupeur.

— Comment pouvez-vous être aussi joyeux devant une telle catastrophe ?

Je venais d'oublier que je vivais au Moyen Âge et que nous n'étions pas mariés.

— Qu'allons-nous faire ?

Cette question n'attendait pas ma réponse. Elle avait déjà envisagé plusieurs solutions pour me les soumettre, mais en ayant choisi auparavant la sienne.

— Je connais une sorcière qui peut m'aider à avorter. J'irais au quartier juif pour y emprunter un peu d'argent. C'est la seule solution. Nous ne pouvons pas annoncer cela à mon père.

Elle me regardait avec un visage déterminé. Devant un grand désarroi apparent, elle possédait une résolution de fer.

— N'agis pas sous le coup de la panique, dis-je en la prenant tendrement dans mes bras. Je suppose qu'il est risqué pour toi de t'en remettre à cette sorcière.

— Avons-nous le choix ?

— Oui, nous avons le choix, et nous ne devons pas prendre de décision prématurément. Où sont tes parents ?

— Ils sont partis dans leur résidence d'hiver. Je suis seul avec la bonne.

— Je vais rester avec toi et demain nous aurons les idées plus claires.

Mais le jour suivant, l'angoisse d'Ysabéa persistait toujours. Je refusai qu'elle ait recours à la sorcellerie pour avorter. Ma confiance aux sorcières n'était pas totale. Je lui proposai plutôt d'avouer à son père son état, mais elle cria de terreur quand je lui exposai cette idée.

— Il nous reniera tous les deux, dit-elle en pleurant. Ou il précipitera mon mariage avec le prévôt.

— Je préfère la première solution. Nous nous enfuirons. Nous irons voir le roi. Nous lui demanderons sa clémence pour notre mariage et pour des terres.

Ce ne fut pas une bonne réponse et ses larmes redoublèrent. L'idée d'abandonner sa vie de riche fille de marchande pour une vie de clochard et de fuite sans être certain de la réussite de requêtes improbables la désespéra encore plus.

— Alors, il faudra accepter un mariage rapide avec le prévôt.

Cet arrangement la plongea davantage dans le désarroi. Dans ses yeux imbibés de larmes, je pouvais lire la panique et la détresse. Et mon impuissance à trouver une solution n'améliorait guère un moral bien bas. Elle se serrait contre moi, rassurée tout de même par ma présence à ses côtés. Nous restâmes un long moment ensemble, enlacés, mon corps vibrant sous ses sanglots, pendant qu'elle me demandait à plusieurs reprises de ne pas l'abandonner. Je lui répondais alors systématiquement que je resterais toujours avec elle. Pendant ce temps, je réfléchissais à la situation et à mon injonction à ne pas la faire avorter. Elle s'y soumettait avec réticence, je le voyais, sans qu'elle n'osât contredire mon avis. Dans ma crainte de la perdre lors d'une opération que je m'imaginais barbare, je me conduisais comme égoïste en lui faisant subir un avenir peut-être bien plus terrible. Elle le savait, mais acceptait mon choix sans intervenir ni émettre une opinion qui pourrait éventuellement me contrarier. Je lui proposai de voir le médecin qui avait guéri son père, mais elle s'y refusa, car le secret serait inévitablement percé et le déshonneur serait bien pire. Entre l'avortement et l'aveu au père, je préférais la deuxième solution bien qu'elle laissait en moi un arrière-gout de culpabilité.

— Qu'allons-nous faire ? me demanda-t-elle désespérément au bout d'un long moment.

Les sanglots étaient passés et elle se blottissait toujours contre moi.

— Dès le retour de ton père, j'irai lui avouer ton état. Nous ne pouvons préjuger de sa réaction, mais nous nous aimons et nous devons agir en prenant compte de cet amour puisqu'il s'agit bien de notre enfant.

Elle pleura de plus belle, car elle avait compris que ma décision était prise.

— Mais je vais vivre dans le déshonneur !

— Je crois que c'est déjà fait.

Après de longues et vaines réflexions, je quittai ma fiancée et revins voir Armand qui m'attendait. Il fouetta le cheval et nous repartîmes en quittant la ville. Pendant tout le trajet, je n'eus d'autres regards que celui vers mes genoux. Personne ne disait mot ou n'osait parler. Armand s'adressait au cheval par onomatopées préférant s'occuper de l'animal que paraitre indiscret en me posant quelques questions, qui, il le sentait bien, ne pouvaient qu'être mal venues. Le voyage fut bien triste et je fus soulagé d'arriver.

Un jour où le soleil voulut bien percer les nuages d'automnes, je décidai de faire une promenade jusqu'au village. J'attendis le début de l'après-midi et je m'engageais sur les chemins boueux. Je marchais le cœur allégé par l'amour naissant entre Ysabéa et moi, avec l'espoir de trouver une solution en l'épousant en secret. Satisfait de ma résolution, je marchais en évitant la moindre flaque d'eau qui reflétait mon bonheur. Je respirais à plein poumon l'odeur d'humus et de champignons que la pluie récente avait clairsemée dans l'air frais d'une journée ensoleillée. Plus je m'emplissais les poumons et plus je me sentais léger. Je bondissais et inspirais l'air parfumé le plus possible pour m'imprégner davantage de ce bonheur présent. L'avenir se peignit comme par magie de couleur rose et je m'étonnais alors de l'avoir vu si gris.

J'arrivais ainsi au vu des maisons et l'odeur des champignons laissa placent à celles de la ferme. Les premiers habitants me saluèrent de loin en ôtant leurs chapeaux et reprenaient aussitôt leur travail. Je m'avançais vers l'atelier du forgeron passant devant les masures délabrées qui me paraissaient, ce jour, tellement charmantes. Je le voyais manier le marteau, tapant violemment sur l'enclume et me persuadais qu'il travaillait à mon ouvrage, car je lui avais commandé une épée plusieurs jours auparavant. À ma vue, il s'arrêta et me salua timidement.

— Bonjour, mon brave. Mon épée est-elle prête ?

Il hésita et se mit à torturer son pauvre chapeau ;

— C'est que, dit-il en guise d'excuse, je n'ai pas encore commencé votre épée.

— Comment ça ? demandai-je surpris et déçu d'une telle réponse.

— C'est que j'ai été retardé, dit-il d'un air visiblement gêné.

Je sentais la colère monter en moi soudainement, mais je me contins.

— Très bien, mais maintenant, dis-moi quand elle sera prête.

— C'est que, dit-il, je ne peux vous le dire, monseigneur.

— Ne me prends pas pour un imbécile, dis-je rouge de colère. Je viendrai la semaine prochaine. Et gare à toi si ton travail n'est pas terminé. Tu comprends ? ajoutai-je d'un ton menaçant et fulminant.

Le forgeron semblait se tasser sur lui-même et se fit doux comme un agneau.

— Je vous le promets monseigneur. Ce sera fait comme vous l'ordonnez. Je m'excuse monseigneur. Je commence le plus tôt possible.

Ce contretemps alourdit quelque peu mon humeur guillerette et je quittai le hameau en colère. Sur le chemin du retour, les joyeux paysans de l'allée ressemblaient maintenant à de sinistres personnages me jetant d'un regard torve.

Mes pieds s'enfonçaient dans la terre boueuse et je passais mon temps à éviter les multiples flaques d'eau qui s'éparpillaient tout le long du trajet. J'arrivai crotté jusqu'au mollet et la Bounine m'aida à retirer mes bottes. Elle remarqua mon humeur maussade et m'en demanda la raison. Quand je lui expliquai, elle eut un air entendu.

— L'attitude du ferronnier est intolérable, dis-je.

Elle hésita à me parler. Mais je la laissai faire, car je sentais qu'elle avait envie de donner son avis. Enfin après, quelques minutes de silence, elle se lança :

— C'est que tout le monde est au courant.

— Au courant de quoi ?

— De votre liaison avec la fille Chamard.

— Et alors ?

Elle me regarda en ouvrant de grands yeux étonnés.

— Mais c'est grave, elle est enceinte !

Visiblement, je n'étais pas de cette époque et je ne comprenais pas le niveau de gravité. Comme je n'osai rien dire, elle continua :

— Votre liaison a été colportée dans toute la région. Quand les Chamards vont revenir, ça va faire du bruit.

— J'ai l'impression que ça fait déjà du bruit. Mais quel rapport avec le forgeron ?

— Mais enfin ! Tout le monde est au courant et les gens ont beaucoup de rancœur après vous. C'est très grave, vous avez pris la fiancée du prévôt.

— La, j'avoue que c'est embêtant. Prosaïque comme il est, il ne va pas bien le prendre. Cependant, je ne crains pas le prévôt.

— Le prévôt est l'homme du comte de Rancon, il est certain qu'il va s'en remettre à lui et vous aurez affaire au comte. Je ne sais pas comment cette histoire va finir.

Elle s'arrêta de parler sans oser aller plus loin. L'affaire avait l'air plus grave que je ne pouvais le soupçonner. Je venais de comprendre que mon aventure avec Ysabéa et du pied de nez fait au prévôt s'était répandue comme le vent à travers la région. J'avais commis une faute morale impardonnable aux yeux de ces gens. Mon accueil mitigé au hameau, me signalait le désaccord profond de mon geste.

Je réfléchis un moment.

— Et toi, la Bounine, qu'en penses-tu ? Tu n'as pas l'air de m'en vouloir.

— Armand et moi, nous vous soutenons et on vous soutiendra, même si…

Elle s'arrêta pensant qu'elle allait trop loin dans ses aveux.

— Même si vous désapprouvez, continuai-je. Cependant, j'aime Ysabéa de toutes mes forces et elle sera ma femme et non celle de cet abominable homme des bois.

Au surnom que je donnai au prévôt, elle rit puis elle ajouta :

— Nous savons que vous l'aimez. Pourtant, il y a des choses que l'on ne peut pas faire même si…

Elle s'arrêta de nouveau de peur de m'offenser.

— Même si on est un comte. Tu peux me le dire.

Elle rougit, fit une courte révérence et s'enfuit à l'intérieur. La Bounine avait bien changé. Ses noirceurs autour des yeux avaient totalement disparu et sa beauté, dévoilée maintenant par une bonne nourriture et aussi par l'amour qu'elle avait d'Armand, la transformait en une jeune femme resplendissante. Et c'est d'un pas assuré, auréolé d'un charisme de fermeté, qu'elle quitta la pièce. Son caractère timide et timoré qui la personnalisait disparut au profit d'une assurance revigorée par sa bonne santé.

Le lendemain, je décidai de me promener pour me changer les esprits et réfléchir à la situation. Je demandai à la Bounine de me préparer un casse-croute, car je voulais marcher jusqu'à la mer. Je chaussai mes bottes et mis le repas dans ma besace. Je me persuadai qu'aller seul dans la nature pourrait me faire prendre conscience de la situation et agir en conséquence. Fortune, qui regardait les préparatifs, commençait à frétiller de la queue et je sentis qu'il avait bien envie de trahir Armand pour une longue balade avec moi. Aussi, quand je passai le pas de la porte, je l'appelai et il bondit dehors sans se faire prier.

Je quittai ma demeure et pris la direction de la mer. Le chemin creux transperçait la forêt et les branches au-dessus de moi laissaient tomber quelques feuilles jaunies. Elles glissaient sur l'air en zigzag jusqu'au sol et se posaient au-dessus d'innombrables autres feuilles pour former un tapis doux au pas. Fortune, heureux de cette balade, donnait de la truffe dans tous les sens en une frénésie impatiente. Il courait de droite à gauche humant vivement un caillou et reprenait une course rapide de l'autre côté du chemin attiré par un bout de bois. Il reniflait bruyamment et ne semblait plus savoir où donner de la truffe. Je ne m'occupais guère de lui et moi aussi, je respirais l'humus frais qui sortait de la sylve en bouffée odorante. Un parfum de champignon me parvenait parfois aux narines, sans être capable de savoir s'il provenait de quelques ceps ou autres espèces.

Après une ou deux lieues, je ressentis un peu de fatigue. La forêt se clairsemait et les arbres moins resserrés laissaient pénétrer davantage l'air frais. Je m'assis sur un talus et fouillais ma besace pour y prendre la gourde. Je ne me rendis pas compte à quel point j'avais soif, mais je me retins pour ne pas tout boire. Je mangeais ensuite du pain avec du graillon. Mes mains sentirent au fond du sac un tissu recouvrant quelque chose. Intrigué, je sortis le pain et la charcuterie et pris le tissu et son contenant. Je déballais l'ensemble. Le paquet enveloppait des merveilles[26] que la Bounine m'avait préparées en guise de surprise. Malgré ma faute avec la fille du marchand, elle ne m'en voulait pas et me le signifiait par cette gâterie. Je souriais de bonheur de cette bonne intention et en pris une pour l'honorer. Puis, après une dizaine de minutes de repos, Fortune me fit comprendre, en courant de droite et gauche, qu'il était temps de repartir à l'aventure. Je repris alors mon bâton et nous continuâmes le chemin.

---

[26]Pâtes frites dans l'huile. Spécialité charentaise.

Je marchais un peu, quand, au milieu de la route terreuse, une femme, debout, non loin devant moi, semblait m'attendre. Elle avait les mains sur les hanches et se campait bien au milieu comme pour me barrer la route. Fortune, intrigué tout comme moi, stoppa sa course effrénée pour se ranger près de moi. Je continuai un peu et m'arrêtai à quelques mètres d'elle.

— Bonjour, ma brave femme, dis-je d'un air innocemment jovial. Que faites-vous là toute seule à l'orée des bois ?

— Je vous attendais.

— Vous m'attendiez ? Mais je ne vous connais pas, criai-je un peu pour que ma voix porte jusqu'à elle.

— Mais moi je vous connais et peut-être bien que vous aussi. Je suis celle qui rend la justice.

— Je ne connais personne ayant le droit de rendre la justice à part le juge.

— Tu ne me reconnais pas ? Je suis au-dessus du juge.

Je m'approchais un peu, car je ne voyais pas trop son visage. Je la reconnus alors en même temps qu'elle disait :

— Je suis la sorcière Myrghèle, n'as-tu jamais entendu parler de moi ?

— Mais vous êtes la femme du seigneur de Rancon ! m'exclamai-je.

— Mais je suis les deux, affirma-t-elle. Je suis là pour te punir et rendre justice.

— C'est vous qui avez tenté de m'assassiner dans les bois.

— Mais oui ! s'exclama-t-elle rageuse. Je n'ai pu te punir, mais tu ne perds rien pour attendre.

— Et me punir de quoi ? demandai-je d'un ton moqueur.

— D'avoir enfanté la Chamarde et de l'avoir volé au prévôt.

Je me mis à rire ouvertement et dis :

— Alors vieille sorcière déjantée, tu devrais plutôt me remercier. Ton prévôt n'est qu'une brute imbécile et sois heureuse que je l'arrache à ce rustre.

Elle ne comprit pas tous les mots que je prononçais, mais ma gouaille la mit en colère.

— Ahhh ! ragea-t-elle. Tu vas payer ta couardise et je te promets que bientôt, on ne parlera plus de toi.

— Allez ! cria-t-elle soudain.

Avant que j'eusse le temps de réagir, trois hommes sortirent des talus d'où ils étaient cachés.

J'eus le réflexe de crier « Fortune ! ». Aussitôt, le chien comprit et sauta sur l'un d'eux, quant à moi, je lançai le bâton au visage d'un autre. Il le reçut sur le front et j'en profitai pour passer à côté de lui et sauter par-dessus le talus. J'entendis la folle crier :

— Rattrapez-le ! Rattrapez-le !

Je ne demandai pas mon reste et m'élançai à travers champs. Je vis Fortune me rejoindre et courir à mes côtés. J'eusse aimé qu'il s'attaquât à mes poursuivants, mais il préférait ma compagnie. Dans les champs, mes bottes s'enfonçaient et collaient dans la terre lourde d'automne. Je commençais à me fatiguer rapidement. Les hommes de la sorcière, puisque c'en était une, s'étaient remis de la morsure et du coup de bâton et me poursuivaient derrière le troisième. Je m'essoufflai déjà et je cherchais du regard un chemin, une issue. Devant moi, le talus qui délimitait le champ bordé de haie formait une barrière naturelle. Je ne pouvais pas faire demi-tour et j'entendais les cris de haine des acolytes de la sorcière. S'ils me prenaient, ils m'écharperaient, et leur rage serait à la hauteur de la peine que je leur faisais en voulant leur échapper. Ils vociféraient, ils soufflaient et me maudissaient. J'entendais leurs insultes et leurs voix se rapprochaient de moi chaque minute. Ces paysans étaient bien plus robustes que moi. Leur endurance à travailler dehors, dans les champs tous les jours de l'année, était bien supérieure à la mienne, qui passait le temps à me promener en charrette ou lire dans mon lit. Je repérai une trouée dans la haie face à moi et je mis toute mon énergie à y parvenir.

Arrivé enfin au bout, je sautais dans la haie, me protégeant le visage des ronces qui s'accrochèrent à mes vêtements. J'entendis le tissu qui s'arrachait par endroits. Une branche me griffa le crâne, mais je rebondis sans mal sur un chemin. Le sol plus ferme me donna la sensation d'une puissance accrue. Je me crus sauvé un court instant, mais les bandits ne lâchaient guère prise et eux aussi sautaient par-dessus le talus. Ils ne me lâcheraient pas et leur haine décuplait au fur et à mesure de leur poursuite. Ils allaient me faire payer leur fatigue. Leurs cris odieux me transperçaient le corps et des frissons de dégouts me parcouraient la tête, mais le souffle me manquait et je sentais que mes forces s'épuisaient rapidement. Je criais à Fortune « Attaque ! », seulement, celui-ci se contenta d'un aboiement en continuant sa course près de moi. Alors que je désespérai, car je ne voyais aucune issue, j'entendis le bruit de l'océan. À travers les arbres, j'aperçus un pré qui s'étalait jusqu'au bord de la mer. Cette eau bleutée qui s'étendait vers l'infini, vers l'horizon, vers l'inconnu.

— La mer, me dis-je. Je vais plonger dedans. Ils ne savent surement pas nager, je vais pouvoir les semer.

Malgré l'épuisement, je réussis à escalader le talus. Je courrai à travers le pré et quand j'arrivai au bout, la falaise que je croyais pouvoir descendre facilement n'était qu'un aplomb abrupt d'une hauteur impressionnante. Et en bas, au lieu de l'eau profonde s'étendaient rochers et galets. Je regardais le vide à la recherche désespérément d'un accès, mais il n'y avait rien. Mon cœur battait à rompre ma poitrine et je pouvais à peine respirer. J'étais acculé. Je fis face à mes bourreaux, qui se sachant vainqueurs de cette course, avaient stoppé la leur. Ils s'avançaient en ligne pour être certains de m'attraper et je lisais dans leur visage, la joie enfin de m'avoir eu et le plaisir vicieux peut-être d'une torture prochaine. Cette idée de tomber entre leurs mains m'était insupportable.

— Adieu, compagnon de route, dis-je alors. J'irais au paradis et vous, vous grillerez en enfer avec votre maitresse.

Dos à la mer, au bord de la falaise, je me laissai tomber, offrant mon corps aux mouettes et mon âme à Dieu. Je ne me posai pas la question de savoir si je me suicidai par lâcheté, ayant peur de la souffrance qu'ils désiraient me faire subir ou par choix : la mort étant inéluctable.

Un frisson me parcourra l'échine alors que je sentis que la terre ne me retenait plus. Je gardais les yeux ouverts et je n'avais pas le temps de me demander pourquoi. Et bien que ma chute fût rapide, les évènements défilaient relativement lentement et ma conscience me semblait plus aiguisée. Les yeux vers le ciel, je voyais le bord de la falaise s'éloigner. Apparurent les trois complices, penchés vers moi, regardant ma chute. Je distinguais leur visage et leurs expressions. L'un me fixait l'air effaré, les yeux grands ouverts, comme surpris par mon acte. L'autre au contraire, grimaçait de rage, car je lui échappai. Le dernier n'exprimait rien et se contentait de me voir tomber. Bien que tout ceci se passait en à peine quelques secondes, ces scènes pénétrèrent ma conscience, comme si cet acte était porteur d'une importance capitale. Ils tournèrent le dos et partirent, déçus d'avoir manqué leur proie. Le bord de la falaise, symbole du point de non-retour, se détachait nettement du ciel et je la fixais comme on regarde un ami s'éloigner pour lui dire au revoir. Je faisais mes adieux à la vie, à mes souvenirs, à mon futur. Le bord de la falaise était tout ce qui me restait de mon passé et je ne m'en détachais pas, car je quittais tout ceci à regret. Ysabéa me revint en pensée et une douleur me brula le cœur. Je fermais alors les yeux pour contenir une larme.

— Vous pouvez vous relever, me dit une voix.

Surpris d'entendre près de moi quelqu'un me parler, je rouvris immédiatement les yeux. Effaré, je vis un homme debout me regardant d'un air pathétique. Je tournai la tête dans tous les sens, ne comprenant plus ce qui se passait.

— Vous n'êtes pas encore mort, me dit la voix.

Étais-je au paradis ? Je ne tombais plus. Je ne ressentais plus l'air filé dans mes cheveux. Je ne sentais plus le vide qui me happait sans que je puisse me raccrocher. Je regardais devant moi. Il n'y avait plus de falaise, mais que du gris qui m'entourait. Je vis l'homme au-dessus de moi qui semblait attendre. Je fronçais les yeux pour mieux le distinguer et le reconnus alors :

— Monsieur de Panisa ! m'exclamai-je. Enfin vous ! Vous me sauvez de nouveau ! Comme je suis heureux de vous voir.

Dans la joie d'avoir échappé aux bandits et à la mort, je débordais d'amour pour mon sauveur. Je me relevais et ne pus m'empêcher de lui faire une longue accolade.

— Merci, monsieur de Panisa. Quel bonheur que vous soyez là ! Vous allez pouvoir me ramener à mon époque.

— Allons, allons, calmez-vous, dit-il. Reprenez vos esprits. Je vais en effet remédier à votre problème.

Je ne pensais pas être aussi content de le revoir. Il attendit que je me remette de mes émotions, ce qui ne tarda pas quand je réfléchis alors au terme de « mon époque ». Et ma joie se transforma bien vite en inquiétude. Car si j'étais bien un homme du XXIe siècle, je laissais une femme que j'aimais et un enfant dans une autre. Et tout à coup, un dilemme atténua ma joie d'être sauvé. Quelle époque allais-je lui demander ? Rejoindre Ysabéa au risque d'être pendu ou banni ? Ou retrouver un siècle sans crainte pour moi, mais fade et sans amour ? Je m'empressais de raconter toute l'histoire à mon sauveur en lui faisant bien signifier que tout était de sa faute puisque par mégarde, il m'a envoyé dans le passé. Comment maintenant résoudre cette quadrature ? Pourtant, il ne semblait s'émouvoir ni de mes craintes ni de mes colères. Il restait impassible devant mes reproches, mais il finit par interrompre mon acrimonie.

— Calmez-vous s'il vous plait. Si vous êtes avec moi, c'est que j'ai voulu vous tirer de ce mauvais pas. Si cela vous met en colère, je peux tout aussi bien vous laisser vous écraser.

— Non, non, m'empressai-je de dire. Ne m'en voulez pas, j'ai agi sous le coup de l'émotion et je vous suis reconnaissant de m'avoir sauvé. Mon dilemme, c'est que je ne sais pas à quelle époque j'aimerais revenir.

— Mais, je vais vous ramener au XXIe siècle bien sûr.

— Mais que va devenir Ysabéa, et que vais-je devenir sans elle ?

— N'oubliez pas que je vous avais donné une mission. Avant de vous retrouver dans le passé, je vous ai demandé de retrouver ma fille et de la sortir des griffes de ce jardinier assassin.

Bien des évènements s'étaient passés et j'avais depuis longtemps oublié ceci. Je me souvenais maintenant qu'il m'avait donné cette directive lors de ma première chute. Je devais tomber sur les rochers et monsieur de Panisa intervint pour me sauver malgré moi. C'est là qu'il me confia cette mission. Il devait attendre que la mer monte avant de me laisser chuter à nouveau. Et au lieu d'un décalage de quelques minutes dans le temps, je plongeais dans la marée montante quelques siècles auparavant.

— Je crois que je voudrais revenir auprès d'Ysabéa, réclamai-je.

— Vous ne pourrez rien pour elle. Quoi qu'il arrive, vous en serez éloigné, votre vie serait en danger et pour couronner le tout, vous ne pourriez plus accomplir la quête que je vous ai demandée. Maintenant, vous devez laisser votre amante à son destin et vous, réaliser le vôtre. Vous vous rendrez un grand service en m'obéissant.

Je commençais à protester, quand je sentis le vide sous moi. Je criais de surprise avant de comprendre que je plongeai dans l'eau glacée. J'avalai de l'eau salée ce qui me fit suffoquer. Je me débattais pour sortir de ce magma dans lequel je me noyai. J'émergeai enfin, la tête hors de l'eau, et inspirai à m'exploser les poumons tout l'oxygène que je pus. Je repris mes esprits et compris que j'avais chuté dans la mer. J'aperçus la côte non loin de là, et je nageai tant bien que mal vers le rivage. Mes vêtements entravaient mes mouvements et ce fut avec peine que j'atteignis la plage de galets. Je sortis essoufflé de la mer. Mes habits dégoulinaient. Mes bottes remplies d'eau faisaient un bruit de succion à chaque pas que je faisais. Un chemin remontait en pente raide la falaise et je le suivis sans réfléchir.

Mes vêtements trempés me glaçaient la peau et tremblant de froid, j'atteignis péniblement le haut de la paroi. Essoufflé, l'effort fourni ne suffit pas à me réchauffer et c'est transi que je parvins en haut. Je commençais à fulminer contre de Panisa qui m'éjecta sans me donner d'explication, comme on se débarrasse d'un sac-poubelle. Je marchais sur l'herbe en maugréant sans voir devant moi ma voiture. Quand je l'aperçus qui attendait le long du chemin. Je poussai alors un cri de victoire et de joie. J'allai retrouver ma maison et la modernité. J'étais sauvé. Je courus vers elle comme le coureur vers la ligne d'arrivée. Elle n'avait pas bougé. J'ouvris la porte, mais les clefs ne s'y trouvaient pas. Je me souvins alors que je ne les avais pas jetés. Quand j'arrivais chez Chamard la première fois, je les avais gardés en souvenir. Je tâtai mon bliaud et je sentis la bourse qui y était attachée et que je ne quittais jamais. Je fouillais dedans et en sortis vainqueur les clefs de la voiture. Je m'assis rapidement et démarrai mon auto, tout surpris qu'un tel engin après plus de sept siècles puisse encore rouler. Je n'avais pas perdu l'habitude de conduire et je me hâtais de rejoindre ce qui fut ma maison.

Tout avait changé dehors. La route goudronnée avait remplacé les chemins creux, les champs immenses, les petites propriétés et les pylônes, les petites mares. Comme se déplacer était simple et rapide. Je fus surpris de sentir un air chaud m'envahir les jambes. J'avais oublié que je pouvais obtenir du chauffage à volonté. Et j'appréciais ce confort luxueux de pouvoir commander de la chaleur sans peine. J'augmentais la température intérieure et lançai la soufflerie. Et après un moment, l'air chaud envahissait la voiture d'une enveloppe bienfaisante.

J'arrivais sans anicroche devant ma maison, comme si je n'avais jamais quitté ce monde. Tout m'était familier effaçant toute cette parenthèse moyenâgeuse. Pourtant, en m'arrêtant face à ma grille d'entrée, j'eus un coup au cœur. Certes, le jardin ne ressemblait en rien à celui de la résidence de Chamard, mais ma demeure était bien la sienne. En regardant les murs et les toits, je reconnus le manoir de mon ami. Les fenêtres n'étaient plus les mêmes et certains arrangements avaient été faits, mais ce manoir ressurgissait du passé. J'aurais pu voir sortir du perron, la Bounine venir m'accueillir. Mon cœur battit dans sa poitrine et je repensais à Ysabéa. Le passé et le présent se mélangeaient. Mon aventure avait sept siècles, et pour moi, à peine quelques heures et elle me revenait en boomerang. J'ouvris la grille et avançai jusque devant la maison. Lentement, je sortis et montai les escaliers. Allai-je voir Armand s'avancer pour s'occuper du cheval ? Mais non. Je pénétrai à l'intérieur sans que personne apparaisse. La maison était bien celle que j'avais laissée. J'entrais dans le salon et me précipitai vers le feu de la cheminée. Je tendis les mains vers la douce chaleur du foyer quand Béatrice entra dans le salon :

— Mais qui êtes-vous, monsieur ! s'exclama-t-elle avec colère.

Je me retournais surpris. J'avais oublié que j'avais une bonne.

— Ah, mais c'est vous monsieur ? dit-elle rassurée.

Puis elle me regarda d'un air visiblement étonné. Mais comment êtes-vous habillé ? Allez-vous à un bal masqué ?

Elle scrutait mes bottes, mes poulaines et ma robe chasuble avec stupéfaction.

— Mais vous êtes trempé ! s'exclama-t-elle de nouveau.

— Oui, répondis-je alors. J'essaye de me réchauffer devant le feu. Pourriez-vous me rapporter des vêtements, s'il vous plait, j'ai très froid.

— Oh, mais oui bien sûr.

Désolé de n'y avoir pas pensé plus tôt, elle s'exécuta et disparut dans le couloir. J'entrepris de retirer mes bottes et mes vêtements, ce que je fis avec beaucoup de peine, tellement ceux-ci me collaient à la peau. Quand elle revint, je me réchauffais nu devant la cheminée. Elle ne put s'empêcher de pousser un cri signifiant son outrage devant une posture bien impudique. Elle déposa avec hâte un survêtement et disparu bien vite. Je me dépêchais de revêtir mes nouveaux habits avec un plaisir extrême. La douceur des tissus souples et confortables était bien plus agréable que ces tissus lourds et rêches. J'éternuai une ou deux fois et me rapprochai près du foyer. La chaleur puissante du feu me réchauffa rapidement. La tête de Béatrice réapparue derrière la porte.

— Puis-je revenir, monsieur ?

— Oui, ça y est, j'ai fini de me changer.

Elle osa alors réapparaitre entièrement pour prendre mes vieux vêtements. Elle les souleva avec circonspection.

— Que dois-je faire de ceci ? me demanda-t-elle.

— Lavez-les. Je vais les conserver, sait-on jamais. Mais dites-moi, que s'est-il passé pendant mon absence ?

Un air dubitatif se dessina sur son visage.

— Votre absence ?

— Oui entre ce moment et celui d'où je suis parti.

— Eh bien, rien. Il ne s'est passé que vingt minutes. À moins qu'une météorite ne nous tombe dessus, il ne peut guère se passer de choses en si peu de temps.

Elle repartit avec mes vêtements dans les bras. J'en restai bouche bée. Je trouvai ma bonne bien insolente d'une part et je réalisai que mon voyage dans le temps qui pour moi dura des mois, ne représentait, d'autre part, en fait qu'un instant.

Il faudra que je me réhabitue avec les coutumes de mon époque et à l'idée que mon aventure n'a existé que pour moi-même.

Béatrice revint m'apporter un thé bien chaud.

— J'ai pensé que ça vous ferait du bien.

— Oh oui, Béatrice, merci.

— Mais que vous est-il arrivé, pourquoi étiez-vous tout trempé ?

— Je suis tombé dans la mer en voulant sauter sur des rochers, répondis-je.

— Ça, c'est sûr, voilà à quoi ça mène de faire le clown.

Elle déposa le thé sur la table et disparut à nouveau, me laissant sans voix.

Je profitais un long moment du foyer et de mon thé. Puis, quand je me décidais à quitter mon confortable fauteuil, je me dirigeai naturellement vers ma chambre. Dans les couloirs réapparurent tous ces portraits auparavant d'êtres inconnus. Maintenant, une bouffée de chaleur m'envahit en reconnaissant Chamard, mais aussi le seigneur de Rancon. Un peu plus loin, sa femme qui se déguisait en sorcière pour accomplir ses méfaits. Je transpirais en revoyant au premier étage le portrait en pied d'Ysabéa. À côté, la femme de Chamard me toisait d'un air sévère. Parmi ses visages bien connus figuraient d'autres personnages d'une époque plus récente et que je ne connaissais pas. J'imaginai qu'il pouvait s'agir de descendant. Je revins vers Ysabéa. Je reconnus sa robe d'hiver. Elle l'avait mise juste quand l'automne fraichissait. Elle souriait timidement avec douceur. Je détournais les yeux, incapable de soutenir son regard plus longtemps. Je culpabilisais de l'avoir mise enceinte. Qu'était-elle devenue ? Quelle épreuve a-t-elle subie ? De Panisa aurait pu me le dire. J'aurais aimé être rassuré à son sujet, mais je n'ai pas eu le temps de lui parler.

La bonne me sortit de mes pensées en passant derrière moi.

— J'espère que vous enlèverez tous ces fantômes lugubres. Qu'est-ce que ça peut être moche !

Et elle n'en dit pas plus. Elle avait disparu dans une pièce, affairée à ses occupations. Je haussai les épaules et pénétrai dans ma chambre. Là, c'est de Panisa qui me faisait face. Il semblait me rappeler à son bon vouloir. On aurait dit que son portrait dans ma chambre n'était pas dû au hasard, mais pour bien me faire souvenir que je lui devais un service. Mon sauvetage contre ce service.

J'avais repris les habitudes liées à mon époque assez rapidement, mais je goutais davantage au confort moderne. Tous ces appareils que l'on manipule sans réfléchir, parce qu'ils font partie de notre vie quotidienne. Je m'étonnais presque de pouvoir parler à une personne à plusieurs kilomètres de chez moi ou de ne mettre que quelques minutes pour atteindre le village voisin.

La routine reprenait aussi le dessus. L'écriture me lâchait et je restais encore longtemps devant l'écran de mon ordinateur sans écrire une ligne. L'image d'Ysabéa me hantait. Mais au fur et à mesure que passaient les mois, son image disparaissait petit à petit et je passais devant son portrait sans émotion particulière. L'oubli faisait son œuvre. Je mettais à plus tard le service de monsieur de Panisa prétextant un devoir quelconque.

Le printemps revenait et les jours pluvieux s'espaçaient. Je sortais davantage pour profiter de mon jardin. Avec les beaux jours, le travail du jardinier augmentait. Et je le voyais fréquemment binant les parterres. Dès que je passai près de lui, il ne manquait pas de m'apostropher pour engager la conversation et se vanter de ses mérites.

— Ha, monsieur, me dit-il alors que je flânai non loin de là. J'aurais besoin d'un peu plus d'espace pour ranger mes outils.

— La remise ne vous suffit plus ?

— Ah ben non. La tondeuse prend toute la place et j'accède plus aux outils du fond.

— Vous voulez un abri jardin ? demandai-je à tout hasard ?

— Ah ben, pas la peine ! je pourrais utiliser la remise à côté, mais elle est fermée.

— La remise à côté ? demandais-je.

— Eh oui, l'atelier de l'ancien propriétaire.

Je n'allais pas souvent au fond du jardin et depuis mon aventure, certains de mes souvenirs s'estompaient. Je l'accompagnai jusqu'aux remises. L'une d'elles, bourrée à craquer d'outils en tout genre, empêchait les portes de fermer. À côté, les portes de l'atelier étaient closes par un gros cadenas qui les verrouillait.

— Je n'ai pas les clefs, dis-je. Je me souviens que l'agent immobilier ne les avait pas non plus.

— Il faudrait un coupe-boulon.

— Avez-vous un outil assez puissant pour faire sauter le cadenas ? demandai-je.

— Ah ben non, mais j'ai mon cousin qui pourrait. Je le vois ce weekend. Et avec votre permission, je ferai sauter la serrure. Je pourrais ranger mes outils dedans à condition que cette remise soit vide.

— Je ne sais même pas ce qu'elle contient. Mais elle doit contenir quelque chose, puisqu'elle est cadenassée. On ne cadenasse pas pour rien.

— Ah ben non, pour sûr, affirma le jardinier.

Il se campait devant la porte à mes côtés mes mains sur les hanches. L'air sûr de lui, il regardait le cadenas sans bouger. Puis il leva la tête et semblait suivre des yeux le chambranle de la porte.

— Elle est plus solide que l'autre, affirma-t-il.

La porte de la remise d'à côté était faite de simples planches de sapin vaguement tenues entre elles. Les charnières fines en laiton avaient bien du mal à les maintenir. Les charnières épaisses et puissantes de l'atelier soulevaient sans peine des portes en châtaignier soigneusement jointées.

— Prévenez-moi dès que vous aurez votre appareil, dis-je simplement.

Béatrice m'apporta mon diner dans la salle à manger. Depuis ma chute dans l'eau glacée, j'aimais particulièrement passer mon temps devant la cheminée. J'y avais installé une table basse et un petit guéridon sur lequel je posais mon ordinateur et quelques papiers. La table basse me servait pour le repas ou selon le besoin, de repose-pieds.

— Alors cette crémaillère ? dit Béatrice en posant les assiettes.

— La crémaillère, quelle crémaillère ? demandai-je surpris.

— Eh bien, il y a plusieurs mois, vous aviez l'idée d'inviter vos amis pour fêter l'installation de votre maison.

Je ne me souvenais pas d'avoir émis une telle idée. Je lui demandai si j'avais déjà entrepris l'ébauche d'une organisation, mais elle me répondit que j'en avais simplement évoqué l'idée. Et pendant que je mangeais, je pensais que tant que je n'organiserai rien, elle me rappellerait constamment à mes obligations. Pourtant, pour moi l'idée de recevoir relevait de la contrainte. Le retour à mon époque, l'ennui, l'oisiveté, le temps gris et surtout la blessure dans mon cœur au sujet d'Ysabéa m'entrainaient et m'enfonçaient dans la mélancolie. Après à peine quelques jours mon « retour », je retombais dans un quotidien monotone que le temps gris et pluvieux contribuait à rendre pesant. Je n'avais toujours rien écrit et mon imagination enfouie dans un sommeil profond, me laissait solitaire face à ma page blanche. J'avais bien un jour demandé à Béatrice l'amorce d'une idée, mais elle me regarda d'un air dubitatif et haussa les épaules avant de disparaitre dans sa cuisine. Alors je pris une feuille blanche pour y noter les noms de mes amis et la liste des occupations que je pourrais leur proposer.

À la fin de la journée, j'avais organisé un weekend. Je choisis une fin de semaine prolongée entre deux périodes scolaires et préparais quelques invitations que je donnais à Béatrice pour les poster. Je pensais que ces quelques jours pourraient me sortir de cet état neurasthénique dans lequel j'errais. Je reçus les réponses assez rapidement, avec quelques désistements.

Les jours passaient et le weekend avec mes amis approchait. J'avais prévu quelques visites dans la région, pour occuper mes invités. Béatrice avait organisé les repas. Je lui demandai de garnir les chambres avec quelques fleurs. En attendant, je pris le temps d'aller au fond du jardin vers la maison du jardinier. Je me dirigeais vers la remise accolée à cette petite maison basse et cet atelier à la porte en bois abimée. Je m'approchais de la remise cadenassée en me demandant s'il s'agissait bien d'un atelier tellement il me semblait petit pour y travailler correctement. Je soulevais le cadenas bien plus récent que la porte. Je retournais à la maison chercher le trousseau de clefs que le vendeur me donna et revins au garage. J'essayai toutes les clefs susceptibles d'y entrer, mais aucune ne correspondait.

La clef fermant cet appentis ne faisait pas partie du trousseau. Il fallait nécessairement faire sauter le cadenas. Je scrutai la porte avec plus d'attention. Chaque battant était solidement tenu par des gonds épais et on ne pouvait soulever aucune partie. Je secouai la porte, mais elle était correctement fixée. J'abandonnais le garage et revins à la maison. J'ouvris tous les tiroirs des meubles du bureau dans l'espoir de trouver une clef, mais sans résultat. Je laissais alors tomber les recherches et me remis à mon improbable roman.

Le weekend arriva et les premiers de mes amis qui arrivèrent furent Éric et sa femme qui venaient de Niort. Ils me téléphonèrent avant leur venue, car ils se perdirent quelques kilomètres avant le village. Ils garèrent leur voiture au bord de l'allée et Éric descendit le premier. Il jeta un œil autour de lui en faisant une moue entendue :

— Quel bel endroit tu as trouvé ! Comment vas-tu ?

Je lui serrais la main, heureux de le voir après si longtemps. Je les entrainais à l'intérieur et leur fis visiter la maison.

— C'est pas très moderne, me fit remarquer Éric.

— Moi j'adore, dit aussitôt Hélène sa femme.

Je leur montrai leur chambre qui possédait comme toutes les autres, une salle de bain individuelle. Patrick avait monté leurs affaires. Je les laissai s'approprier leur domaine. Et après quelques minutes, nous descendîmes. La bonne proposa un thé que nous acceptâmes avec plaisir en nous installant dans le salon. La déformation professionnelle d'Éric me fit remarquer les potentiels extraordinaires de la région en termes de photographies. Je lui promis de belles découvertes.

Nous discutâmes de la maison et Hélène trouvait qu'on pourrait se croire dans un château écossais ce qu'approuva aussitôt Éric.

— Quels sont tous ces portraits ? me demanda-t-il, me montrant du doigt les divers tableaux aux murs.

Je lui répondis qu'il s'agissait des différents membres de la famille de monsieur de Panisa. Nous fîmes ensuite le tour du parc et à notre retour, nous vîmes Sylvain et sa femme Laura arriver. Ces quelques jours furent pour nous l'occasion de nous retrouver après plusieurs mois de séparations imposées par les aléas de la vie. Comme pour Éric et Hélène, je leur attribuais leur chambre et nous visitâmes la maison et les alentours. Le soir arriva rapidement et pendant l'apéritif, Éric ne put s'empêcher de prendre quelques photos. Nous passâmes à table et pendant le repas, après avoir parlé du vieux temps où nous étions ensemble, la discussion porta sur ma maison.

— La maison est très agréable, dit Hélène, mais elle est loin de tout.

— Oui, interrompit Laura, je ne sais pas si j'aimerais vivre ici.

Laura plus franche et directe avait l'âme d'une cheftaine et ne possédait pas le tact d'Hélène, beaucoup plus douce.

— Et puis ce mauvais temps, c'est déprimant, tu ne dois pas t'amuser tous les jours, continua Laura.

Elle avait raison, je ne m'amusais pas tous les jours et le temps maussade me poussait à la déprime. Ce n'était pas le charme de la côte qui pouvait y remédier.

La soirée se déroula dans la gaité et la joie de nous retrouver et j'étais heureux de la passer entre amis. Mais une fois dans ma chambre, je ressentis comme un grand vide qu'un sentiment de solitude provoqua. J'imaginais mes amis en couple, pendant que, moi, allongé sur un lit à baldaquin, immobile, je regardais le portrait qui me faisait face. Je pris un livre et m'endormis tard dans la nuit. Dans mon sommeil, j'entendais le vent d'hiver siffler à travers la fenêtre et quand je me réveillai, le soleil pénétrait la chambre. Je me levai de bonne humeur et contemplai le ciel bleu.

Nous retrouvâmes dans la salle à manger où le petit déjeuner était servi.

— Le temps nous étant favorable, dis-je, nous partirons nous promener. Je connais un site au bord de la mer qui vous plaira surement. Prends ton appareil photo Éric.

— Je l'ai toujours avec moi.

Après le petit déjeuner, nous prîmes donc les voitures. Nous arrivâmes près de la mer. On trouva un parking et nous longeâmes le chemin côtier. Les goélands planaient dans le ciel en poussant leurs cris et se posaient sur les rochers humides. Ils donnaient parfois des coups de bec pour attraper quelques nourritures. Sur le sentier douanier, les coureurs à pied effrayaient les oiseaux en passant proche d'eux. Éric prenait des photos, pendant que je parlais à Sylvain, ou plutôt, Sylvain me parlait de lui.

Du large, d'où un bateau de pêche colorant d'une petite tache l'étendue bleue, le vent marin s'infiltrait dans nos manteaux nous rappelant, malgré un ciel limpide, la présence d'un hiver bien installé. Hélène se plaignit d'avoir froid, ce qu'abonda Laura. Alors nous fîmes demi-tour et écourtâmes la visite. Nous nous réchauffâmes pendant le trajet du retour dans la voiture et nous arrivâmes à la maison à l'heure de l'apéritif.

Les nuages commencèrent à couvrir le ciel, et à midi, il se mit à pleuvoir. J'annulai donc la sortie de l'après-midi et nous décidâmes de jouer aux cartes. J'allumai un feu dans la cheminée, et rassemblé près du foyer, la douce chaleur nous enveloppa. Vers quatre heures, Béatrice nous servit le thé.

Éric en savourant le sien par petites gorgées regardait les différentes peintures aux murs. Et après un temps d'observation déclara :

— Tu n'as pas l'impression que cette maison pourrait être hantée ?

— C'est vrai, dit Hélène, ce serait tout à fait le genre d'endroit pour cela.

— Disons que c'est le décor pour un film de ce genre, répondis-je.

— Ne crois-tu pas aux fantômes ? demanda Éric.

— Je n'en ai jamais vu, répondis-je.

Nous passâmes à table et la conversation continua sur le sujet. Éric, l'esprit rationnel, ne pouvait admettre de tels phénomènes.

— Comment pourrait-on vivre après la mort ? À quoi ça servirait d'errer éternellement ? disait-il. Je pense que je finirais par m'ennuyer à force d'errance.

— Pourtant, je connais quelqu'un qui peut parler avec les morts, dit Laura.

— Mais comment pourrait-on, comme dit Éric, errer à l'infini ? Le corps est indissociable de l'esprit, et je crois que quand on meurt, tout est bien fini. Le cerveau s'arrête de fonctionner.

— L'âme monte bien au paradis, répondit Laura.

— Ne mélange pas tout comme cela t'arrange, répliquai-je, d'ailleurs je ne suis pas religieux non plus. Nous avons tendance à nous prendre pour des Dieux. Nous sommes comme tous les êtres vivants sur terre, comme chaque plante : on nait, on vit, on meurt. Point.

— Tu manques de spiritualité, dit à son tour Hélène, ce n'est pas parce que tu n'y crois pas que ça n'existe pas.

— En tout cas, ce n'est pas parce que, cette demeure ressemble à un château que des fantômes trainent ici. Tu es influencé par le cinéma et tu ne parles pas de fantôme chez toi, je suis sûr.

— Oui, on a l'impression d'être dans un château, mais les fantômes existent partout, dit Laura.

Cette manière de toujours vouloir avoir raison m'énervait, de plus cette conversation stérile n'aboutissait à rien. Éric tenta d'ailleurs avec raison de changer de sujet. Il sentait que la conversation tournait au vinaigre et il n'aimait pas les conflits. Sylvain de son avis l'encouragea à changer de discussion. Mais Laura insistait :

— Pourquoi, ne croire en rien comme toi, me disait-elle en regardant Éric.

— Moi ? Je ne crois pas en Dieu, alors ce n'est pas pour croire aux fantômes.

— Tu te veux rationnel, tu ne crois en rien et à commencer par Dieu. Tu vis dans une époque où la science a tué la croyance année après année, découverte après découverte. Aujourd'hui, la religion est morte-vivante et seule la science a pris le dessus.

— Bien sûr, répliqua Éric, au fil des découvertes des choses que l'on croyait divines étaient expliquées grâce à la recherche.

— Ça, tout le monde en est certain, pourtant une trouvaille chasse la précédente tout en étant persuadé que la vérité est enfin trouvée. Mais après quelques années, il y a toujours des savants qui mettent en doute la dernière découverte.

— Pas sur tout, dis-je.

— Non pas sur tout, mais sur beaucoup de choses et sur le principal, comme l'univers par exemple. Et ce qui me semble le plus terrifiant, c'est l'omnipotence de la science et des scientifiques. Seuls les scientifiques ont droit à la parole, ce sont les nouveaux prêtres.

— Comment ça ? demanda Éric.

— Eh bien, continua-t-elle, dans tous les médias, seuls les scientifiques ont la parole et on leur demande leur avis sur toute chose. Invite-t-on un évêque au journal de 20 h pour lui demander son point de vue ? Non, mais on sollicitera toujours l'avis des chercheurs. Et le pire, c'est que maintenant, ils se prennent pour des prophètes, ce qui est à mes yeux plus grave encore.

Elle s'arrêta un peu, comme pour captiver son auditoire. Nous la regardions en silence, nous demandant où elle voulait en venir.

— Il y a une radio sur laquelle tous les soirs un scientifique prêchait la bonne morale pendant trois minutes depuis pas mal d'années. Pourquoi un scientifique et pas un prêtre ou un philosophe ? De quel droit et au nom de quoi ? Un jour, il a même craché sa haine des croyants et de la religion à l'antenne. La science a pris la place de Dieu et de la religion. On ne consulte pas les oracles pour prédire l'avenir, on consulte le G.I.E.C. Il n'y a personne qui peut contredire un scientifique, à part un collègue, ils sont la toute-puissance. Aujourd'hui, on ne dit plus « au nom du père du fils et du Saint-Esprit », on dit « c'est scientifiquement prouvé ». Une fois cette phrase « sacrée » citée, plus personne n'osera contester leurs dires. C'est l'arme absolue contre un contradicteur.

— Tu n'exagères pas un peu ? dis-je.

— Crois-tu ? Regarde maintenant la place que tient la spiritualité. L'éducation met en valeur la filière scientifique par rapport à toutes les autres.

— C'est que la science a résolu bien des problèmes.

— Oui, mais à quel prix, elle a dévoré tout le reste, elle est omnipotente.

— Mais quand même, la science nous a aidés à sortir de l'obscurantisme. Grâce à des gens comme Darwin, Galilée ou Thales, le monde a évolué dans le savoir et dans la technique, dis-je. Au Moyen Âge, on croyait à n'importe quoi : aux fées, aux grigris et n'importe quel évènement pouvait être le fait d'une volonté magique ou maléfique. Grâce au savoir, nous avons évolué.

— Tu parles de notre passé moyenâgeux qui ne doit pas être une référence. Il y a bien des civilisations dignes de ce nom qui possédaient un savoir qui n'étouffait pourtant pas leur religion. Répondit Laura. Oui, je suis d'accord que, pour nous, la science nous a sortis de cette étape où nous sommes tombés bien bas, mais aujourd'hui c'est notre seule référence, celle qui supplante tout et surtout, sa grande ennemie : la religion. Pourtant, des choses même très simples sont admises par ces savants sans qu'ils puissent les expliquer.

— Les scientifiques n'expliquent pas tout, dis-je.

— Pourtant à les entendre on dirait le contraire, ils vont jusqu'à prédire l'avenir. Moi, je crois qu'il y a des choses que l'on ne peut expliquer parce que ça nous dépasse.

— Et l'éternité demandai-je, ne peut-elle pas exister ?

— Quand on meurt, c'est fini, répondit Éric, alors moi, je n'y crois pas.

— Pour le corps, c'est fini, répondit Laura, mais pour l'esprit ?

Je repensais à mon voyage temporel. Comment pourrais-je leur dire que le présent et l'avenir n'existent pas ? Alors l'éternité tout comme la minute ne sont que des illusions. Le passé et l'avenir se confondent parce que le temps n'existe pas. Nous ne sommes que des fourmis qui ne comprennent le monde que de leur fourmilière dont le seul horizon d'herbes et d'insectes sert de base à leur vie. Notre philosophie de la vie, les actions qui en découlent ne sont basées que sur la faculté d'observation d'un monde restreint. Comme les fourmis, nous ne pouvons percevoir une autre dimension. Elle dépasse notre entendement. Nous vivons avec elle sans être capables de la percevoir.

Chacun de mes invités, avec leurs certitudes de fourmi exploratrice décidait de ce qui devait être, tout comme l'explorateur qui ne voit dans l'autochtone qu'un sauvage. La tentation de définir notre monde n'est que vanité vaine. Une vanité basée sur la certitude de ce qui nous entoure existe. Comment peut-on en vouloir à une fourmi, qui pourtant n'a pas tort, que le pot de confiture sur lequel elle trouve nourriture existe bien. L'araignée qui guette dans sa toile est bien une réalité. Mais comment pourrait-elle comprendre le monde dans lequel elle pénètre quand elle franchit le seuil d'une maison ? Une maison qu'elle ne voit pas et qui pourtant l'entoure.

Mes voisins de table ne s'entendaient pas et comment le pourraient-ils ? La croyance en la science ou la croyance en un Dieu ne résout en rien notre incapacité à voir autre chose que notre dimension. Jamais je ne pourrais parler de voyage temporel. Personne ne serait capable de l'entendre. Peut-on expliquer à une fourmi qu'elle grimpe sur la roue d'une voiture ? Comment lui expliquer ce qu'est une voiture ? Moi-même, malgré avoir franchi un monde, je ne pouvais prétendre détenir une vérité qui n'existe pas.

Pourtant, les hommes s'entre-tuent persuadés de détenir la vérité. Vérité : un mot qu'il faudrait bannir du langage. Ce mot terrible qui exclut toute autre idée. Voilà bien mot de dictateur. Chacun, pour les mêmes évènements, a une compréhension différente, mais croit détenir la vérité. Les scientifiques prouvent que Dieu n'existe pas et sont fiers de démontrer que la vérité leur appartient. Les religieux nous persuadent que la vie éternelle surviendra après notre mort et se battent pour prouver qu'ils ont raison. La vérité n'est que l'instrument de la vanité, la force de l'intolérance.

Laura nous persuade que la science a remplacé la religion et son raisonnement est juste. Nous ne faisons que passer d'un diktat à un autre.

Cette discussion ennuyait Sylvain, et il commençait à manifester une certaine impatience jusqu'à ce qu'il propose de changer de sujet. Je tombai d'accord avec lui. C'est ainsi que le foot fit son apparition en évitant certes une dispute éventuelle, mais en scindant la tablée en deux groupes, l'un amateur de ce sport et l'autre non, frustrant un peu par son exclusion forcée ce dernier. Laura ne mit pas longtemps à affirmer son désaccord quant à ce nouveau sujet, ce qui ne m'étonna guère étant donné le caractère assez autoritaire qui la plaçait dans la catégorie des femmes de tête. Finalement, la conversation suivit un cours naturel provoqué par cette interruption. Nous terminâmes la soirée par un jeu de société et ce fut bien tard dans la nuit que nous montâmes nous coucher.

Je m'allongeai sur mon lit en repensant à cette discussion un peu ridicule, tout ça pour expliquer que croire aux revenants pouvait être plausible. Tout un discours tiré par les cheveux pour se justifier me paraissait abusif. De quelle croyance parlait-elle ? De magie noire ou de Dieu ? Je regardai face à moi le portrait de l'ancien propriétaire qui me jugeait de son œil sévère. Des gens croient encore en Dieu, pourtant. Et s'ils ont raison, le paradis existerait. Quelle tête doit faire Einstein, s'il est là-haut ! Il parlerait probablement avec Newton. Si les juifs se retrouvent au même endroit que les Palestiniens, je n'étais pas sûr de vouloir monter au ciel. Avec l'heure tardive, mon esprit s'embrouillait. Je finis par éteindre la lumière et à m'endormir.

Le lendemain, le soleil éclairait agréablement la maison, alors j'allai à la fenêtre pour vérifier le temps. Le ciel, sans nuage, laissait toute la place au soleil et celui-ci en profitait pour inonder de lumière tout le parc. Cette luminosité, qui contrastait avec les jours grisâtres de l'hiver, me remonta le moral. Je descendis pour le petit déjeuner. Je trouvai Éric qui trempait une tartine dans son bol.

— Bonjour, dis-je, bien dormi ?

— Impeccable.

— Pas de hurlements fantomatiques cette nuit ? demandai-je.

— Ah non, certains croient en Dieu, d'autres aux fantômes. Moi, je crois à la science et donc j'ai rêvé que je conduisais une Ferrari.

— Matérialiste !

Je m'installais en face de lui et me servis du café. Les autres nous rejoignirent peu après. Pendant ce repas, le sujet porta sur l'emploi du temps de la journée. Je proposai une promenade à l'aquarium non loin d'ici, ce que tout le monde accepta. Nous partîmes l'après-midi. Les nuages bas ne laissaient aucun rayon du soleil passer et les champs labourés, les arbres nus, alourdissaient davantage une atmosphère déjà lourde. Le temps influençait largement le moral de la troupe et le voyage se passa sans gaité. Nous arrivâmes sous la pluie à l'aquarium. Et quand nous pénétrèrent, les couleurs volontairement festives du lieu nous redonnèrent le sourire.

Je regardais évoluer tous ces petits poissons multicolores en me demandant quelle place ils avaient dans ce monde étrange ou le passé, le présent et le futur sont a priori l'apanage de l'homme. Les questions défilaient dans ma tête jusqu'au souvenir d'Ysabéa. Que faisait-elle, où était-elle ? Dans quel monde vivons-nous, si le présent et le passé se mêlent ? À quoi ça rime ? À quoi servons-nous et dans quel but ? Quelles sont les raisons de notre présence sur terre ? Sommes-nous des êtres supérieurs ou simplement les instruments d'une quelconque destinée ? Sommes-nous comme ces poissons persuadés de notre liberté, certains de la maitrise de notre environnement ?

C'était le dernier jour de ce weekend et tous mes amis partirent après la visite de l'aquarium. Ils partirent enchantés de ce séjour, me félicitant pour l'achat de ma maison et promirent de revenir cet été afin de profiter de la mer. J'assistais donc aux valses des bagages, aux va-et-vient entre les chambres et les voitures et aux adieux sur le parking. Quand la dernière auto fut partie, je ressentis un grand vide.

Je retournai vers la maison le dos courbé par le sentiment pesant de la solitude, quand le jardinier vint à moi.

— Ah ben, puisque vous avez un moment, je voudrais ouvrir la porte. J'ai l'appareil.

Surpris, je sursautai presque et je mis un moment à comprendre ce qu'il voulait. Seul comptait son rangement et, quels que soient les évènements, sa remise valait plus que le reste. Il respecta tout de même, ma volonté concernant ma présence pendant l'ouverture.

Je le suivis donc jusqu'au fond du jardin. Il s'empressa d'ajuster son coupe-boulon sur la fermeture du cadenas et d'un appui ferme, sans peine, la cisailla. Il ouvrit alors l'un des battants. La pièce s'offrit alors à notre regard. Mais contre toute attente, celle-ci était vide. Déçu, j'avançais d'un pas désolé. J'espérai pourtant quelques trésors entreposés et oubliés par de Panisa.

— Ah ben, ça, c'est bien. Y a de l'espace. Je vais pouvoir mettre la tondeuse.

Il se tenait les jambes à peine écartées et les mains sur les hanches, tel un conquérant vainqueur devant le champ de bataille. Curieusement, le sol était cimenté protégeant l'atelier de l'humidité. Au coin, une vieille couverture couvrait quelques planches appuyées le long de la cloison. Patrick satisfait des possibilités de rangement, des yeux, faisait le tour de la pièce. Ils se posèrent sur le tissu poussiéreux. Il fit quelques pas vers le fond de l'atelier.

— Ah ben, qu'est-ce que c'est qu'ça ? dit-il.

Pensant trouver quelques belles planches, il souleva le tissu et s'exclama :

— Ah ben ça alors !

Je m'avançai attiré par la curiosité que me procura son interrogation. Il s'écarta. Et à la place de ce que je pensai être des planches, je découvris la peinture d'un vieux portrait. Je poussai un cri :

— Oh, mon Dieu !

— Ah ben, ça alors ! s'écria à la suite le jardinier. Il vous ressemble.

Devant moi, mon propre portrait me faisait face. Des souvenirs me revirent alors et troublèrent mon cœur. Je me souvins qu'un peintre était venu ici même sept siècles plus tôt à la demande de Chamard pour m'immortaliser. Les scènes se bousculèrent dans ma mémoire pendant que je regardais mes vêtements, ma coupe de cheveux qu'Ysabéa m'avait faite quelques jours après mon arrivée. Je possédais encore ces mêmes habits, rangé précieusement dans le placard de ma chambre. Puis, je vis le nom gravé au bas du tableau :

— Comte de Panisa, premier du nom !

Je poussai un cri. La tête me tournait.

— Qu'est-ce qui se passe ? me demanda Patrick.

— Rien, répondis-je faiblement. Je vous laisse à votre remise.

Je pris le tableau et retournai à la maison en courant. Je compris alors que m'étant fait passer pour le comte de Panisa, ce fut bien sûr ce nom qui fut employé. Ysabéa eut bien son enfant : le mien. Et cette inscription fut posée après sa naissance. Je montai dans ma chambre et posai le portrait au mur. Bouleversé, je regardais le tableau devant moi. J'avais inventé ce nom pour trouver une place dans ce monde. Je pris tout simplement le premier qui me vint à l'esprit et un noble de préférence. Si je fus le premier du nom, c'est que mon enfant était un garçon. Je pleurais doucement de savoir que j'eus un fils et d'imaginer sa vie auprès d'Ysabéa. Je commençais à rêver de ce que put être sa vie. A-t-il hérité des biens de Chamard ? Mon portrait n'était pas terminé quand Ysabéa tomba enceinte. Le mariage avec le prévôt a dû être annulé. Il n'a pu épouser une femme enceinte. Resta-t-elle veuve ? Surement pensai-je. Mais alors, Chamard a peut-être fait anoblir les terres, ne serait-ce que pour sa gloire personnelle, puisqu'il ambitionnait ce titre. Faisait-il contre mauvaise fortune bon cœur et prit sous sa coupe un enfant de noble pour l'aider à ses ambitions ? Peut-être a-t-il réussi à devenir échevin. Je commençais à caresser l'idée de fouiller dans les archives pour retrouver la trace de ce passé qui était aussi mon présent. Si monsieur de Panisa était propriétaire de cette demeure, c'est que cette maison revenait alors à mon fils par héritage et comme support au titre de noblesse.

Je poussai une exclamation en comprenant la signification de toute cette aventure. Si mon fils était le deuxième du nom, c'est que monsieur de Panisa, l'ancien propriétaire, est mon descendant et que sa fille est par conséquent, ma descendante. Je me sentis faible et m'allongeais sur le lit. Je portais un nom différent et j'ai donc deux familles. Je me suis « marié » la première fois il y a vingt ans, et la seconde fois, il y a sept siècles. Je comprenais maintenant que la demande de Panisa de retrouver sa fille était légitime. J'étais son ancêtre et elle était de mon sang. Mais alors, à quoi rimait mon plongeon dans le passé ? Si je n'avais pas fait d'enfant à Ysabéa, monsieur de Panisa n'existerait donc pas. Cette maison n'existerait peut-être plus, ou bien appartiendrait-elle à une autre famille.

Seulement, comment la famille de Panisa pouvait-elle exister avant que je ne tombe de la falaise ? Le passé, présent et le futur se mêlaient et en fait n'existaient pas. Ce ne sont que des vues d'esprits liés à notre condition de vie terrestre. Si de Panisa restait silencieux sur ce qu'il attendait de moi, c'était parce qu'il n'avait pas besoin de parler. Il laissait faire la destinée, car tout ce que je faisais était tout bonnement dicté. Tout s'écrit d'avance. Il savait donc que je tomberais amoureux d'Ysabéa. Il savait que j'aurais un enfant. Tel était mon sacerdoce : faire un enfant et disparaitre pour laisser le destin continuer le reste. J'avais fait mon « devoir ». Quant au futur, quel sera-t-il pour moi ? Pourrais-je l'influencer si je ne réponds pas à la demande de mon ancêtre ? Si tout est joué d'avance, quoi que je fasse, quoique je décide, arriverai-je au même résultat ?

Ce fut après plusieurs heures que j'émergeai de mes pensées. Je m'assis sur le bord du lit. Mon portrait me faisait face. J'avais l'air heureux. Un léger sourire venant démentir le côté sérieux que je semblais vouloir démontrer. Béatrice ne devait pas voir la peinture. Si je ne craignais pas la réaction du jardinier, je me méfiais de celles de la bonne si elle découvrait mon portrait avec le nom de de Panisa à son pied. Je le montais au grenier en prenant soin de le cacher sous une couverture. Quand je redescendis, je pensai que l'ancien propriétaire l'avait volontairement camouflé dans la remise pour que je ne puisse pas le découvrir. Je ne devais pas l'apercevoir en visitant la maison. Il ne devait pourtant pas détruire le tableau afin que je puisse tout comprendre.

Le soir, pensivement devant mon assiette, je réfléchissais à ce que me demandait mon ancêtre et descendant au sujet du sauvetage de sa fille. Courir à l'aventure ne m'enchantait guère. Après tout, le destin sera le même que je parte ou non. J'appelai Béatrice pour lui poser quelques questions sur elle et son mariage malgré la désapprobation de son père.

— Vous savez, me disait-elle. De nos jours, ce n'est plus comme avant. Tout le monde peut se marier avec qui bon lui semble.

— Combien de temps étaient-ils ensemble avant la mort du père ?

Cette question, conjuguée au passé, me troublait étant donné que pour moi, il était toujours vivant.

— Je ne sais pas, mais c'est un très beau couple.

— Mais l'aimait-elle ?

Elle haussa les épaules d'un air outré :

— Mais bien sûr qu'elle l'aime.

— D'accord et lui, l'aime-t-il ?

— Je ne sais pas ce que vous entendez par là. Mais s'il n'y avait pas d'amour, il n'y aurait pas eu mariage.

— On peut se marier par intérêt. Ce jardinier voulait peut-être la fortune du père.

— Comment pouvez-vous avoir de telles pensées ? Honte à vous !

Pour elle, le mariage était une chose sacrée et de merveilleux. J'arrêtai de la questionner, je n'avancerais à rien avec elle et je la remerciais.

— Une dernière chose auriez-vous une photo de la fille ?

— Bien sûr, j'ai pris des photos lors du mariage. Je vais vous les chercher.

Tout heureuse de montrer des images d'un si bel évènement, elle revint vite avec un petit paquet.

— Regardez comme ils sont beaux en mariés, s'exclamait-elle.

Et elle m'en tendit une. Je ne pouvais m'empêcher de pousser un cri à la vue du jeune couple.

— Ah, mon Dieu, le prévôt !

— Quoi ? interrogea Béatrice.

Des gouttes de sueur me coulaient le long du front. Le jeune marié n'était autre que la brute promise à Ysabéa.

— Ce n'est pas vrai ! m'exclamai-je. Comment est-ce possible ? Quel cauchemar !

— Mais que se passe-t-il ? demanda inquiète la bonne.

— Rien ! m'énervai-je. Laissez-moi tranquille.

Choquée par mon attitude, elle s'éloigna rapidement. « Bon sang, une loupe. », pensai-je. Je fouillai mes tiroirs. Sous les papiers et les enveloppes, je finis par en trouver une. Je scrutai le visage du marié. Malgré le costume chic qui lui donnait de la respectabilité ou sa coupe de cheveux moderne, je le reconnus. Sa brutalité transpirait et aucun maquillage ne pourrait la cacher. La fraicheur de mes souvenirs ne pouvait me tromper. C'était lui ! Comment, pourquoi ?

J'eus des sueurs froides, et je me sentis tomber.

Quand je me réveillai, j'étais allongé sur le canapé entouré de Béatrice et de Patrick qui me regardaient l'air inquiet. Je me relevai.

— Ne craignez rien. Je vais bien maintenant.

— Nous étions inquiets. Nous allons appeler le médecin.

— Non, dis-je. Il ne pourra rien. Je vous remercie de votre sollicitude.

Je me redressai et Béatrice me demanda encore :

— Mais qui y a-t-il sur cette photo pour qu'elle vous cause un tel choc ?

— Je ne peux rien vous dire. C'est très personnel, répondis-je.

Et elle n'insista pas. Elle repartit son paquet de photos dans les mains.

— Au fait, comment s'appelle la fille de Panisa ? demandai-je ?

— Isabelle, répondit Béatrice.

Je devins blême. Comme un fait exprès, c'était le nom moderne d'Ysabéa.

— Donnez-moi, cette photo. S'il vous plait, je vais en avoir besoin.

— Si vous voulez, hésita-t-elle.

Elle la posa sur la table basse et partit, suivie du jardinier. Je me retrouvai seul. Je mis la tête entre les mains. « Pourquoi ce monstre me suit-il ? Comment est-il possible qu'il se trouve là ? » Pourtant ce ne pouvait être lui étant du XIIIe siècle. « Alors était-ce un descendant ? » pensai-je. « Le destin me poursuit. » S'agirait-il d'un descendant à lui ? Cela était fort probable et la ressemblance avec son aïeul était extraordinaire.

Tout à coup, je me souvins des paroles de Panisa. Il me demanda de ne pas oublier le nom du yacht du jardinier basé à Saint-Tropez : le roi des mers. Je l'entends encore me dire « n'oubliez pas ce nom ridicule ».

Il fallait que je la sauve. J'avais le devoir de tirer ma descendante des griffes de ce monstre. Maintenant, je comprenais bien la souffrance du père, car aujourd'hui, elle était mienne. Je n'avais plus de raison de tergiverser. Cette histoire me concernait tout à fait. Je devais donc descendre dans le sud. Je ne savais pas comment je pourrais m'y prendre, mais je comptai sur le destin pour y pourvoir.

Pendant que je pianotais sur internet, je m'adressais à Béatrice qui débarrassait la table :

— J'aimerais bien aller à Saint-Tropez, surtout en cette saison, il n'y a pas trop de monde, dis-je innocemment.

Sur mon navigateur, je recherchai la liste des hôtels dans la région. J'en choisis un et réservai une chambre.

— Je partirai aujourd'hui même, dis-je à ma bonne entre deux allers et retours.

Je fis mes bagages et les enfournais dans ma voiture. Peut-être par instinct, je remontai au grenier, décrochais la toile de mon portrait de son cadre. Je le roulais avec précaution et je le maintins à l'aide d'un élastique. Je le mis dans le coffre avec les bagages et sans plus attendre je partis. Finalement, cette mission me donnait l'occasion de passer le temps et de penser à autre chose. Et pendant que je conduisais, je tentais de m'imaginer comment résoudre le problème. Je ne pouvais l'aborder et lui dire que son père avait été assassiné par son mari. Comment, l'approcher, gagner sa confiance en écartant le mari ? Quelle preuve donner sur le meurtre de son père ? Tels étaient les points à résoudre et ils n'étaient pas minces.

La voiture, sur la route et ses quatre voix, roulait de manière monotone. Les champs succédaient aux hangars couverts de bardage. De temps en temps, un château, non loin de là, subissait les outrages des nuisances de la voie rapide. Mes pensées, finalement, sur cette route droite s'engourdissaient et mes réflexions volatiles s'effilochaient au fur et à mesure des kilomètres. Et quand, après plusieurs minutes, je les reprenais, c'était pour mieux les reperdre. Je m'arrêtais à une station-service aux environs de Mirambeau et pris de l'essence. J'allais aux toilettes puis devant la machine à café, j'insérai une pièce. Je fis tout cela sans m'apercevoir que d'autres personnes devant moi faisaient la même chose.

Les autoroutes se ressemblent toutes, que ce soit à Lyon ou à Marseille. Les stations se ressemblent toutes, que ce soit à Lille ou à Toulouse. Voilà ce qui m'empêchait de penser : la monotonie de ces trajets uniformes, standards et sans surprises. Le piège d'un monde unique et rassurant qui nous entraine insidieusement dans un univers sans relief. Tout se ressemble et tout le monde est satisfait. Les gens sont rassurés. Ils ne sont pas dépaysés dans un monde sécurisé où ils se sentent bercés. Je me sentis comme une marionnette avec mon gobelet à la main et je voyais défiler les gens qui faisaient comme moi : aller aux toilettes, prendre une boisson et remonter dans leur voiture et reprendre les rails d'une route sans aspérité. Je regardais mon café et je me rendis compte que ma tasse n'était qu'un gobelet en plastique. Le bonheur, n'est que « l'idée de prendre un café[27] » pas de le boire. Comment pourrait-on

---

[27]Philipe Delerme : la première gorgée de bière.

prendre plaisir à boire un café dans ces conditions ? Il manque tout : l'accueil d'un patron, les bonjours des habitués, un expresso dans une tasse en porcelaine.

Je remontais dans ma voiture et pris la carte routière. Après tout, je n'étais pas pressé. Pourquoi prendre l'autoroute à la place d'une jolie route de campagne ? Je suivrais par la côte. Je passerais à Blaye. Je quittais l'autoroute dès que je pus et m'engageai sur les routes secondaires. Je roulai ainsi plusieurs heures sans penser à ma mission, mais plutôt aux paysages qui défilaient. Finalement, de villages, je n'en traversais pas beaucoup, chacun d'eux étant entouré de rocades. Je finis par les ignorer pour avoir le plaisir de les découvrir.

Puis, en fin d'après-midi, je m'arrêtai devant un café au milieu d'un hameau. Je passai la porte et pénétrai à l'intérieur d'une salle sombre et austère. Le carrelage fait de petits carreaux datait du début des années soixante-dix. Les murs crépis, à l'origine de couleur blanche, avaient jauni sous l'effet de la nicotine. Je m'avançai vers un bar imposant et sans clients empruntant la moitié de la salle. Quelques tables vides en bois sombres, assorties avec le comptoir, s'alignaient devant lui. La patronne, surprise de voir quelqu'un, observa l'inconnu que j'étais avant de me demander :

— Qu'est-ce qu'il vous faut ?

— Un café, répondis-je simplement.

Elle pivota et se retourna vers sa machine et d'un geste mécanique plein d'expérience me prépara mon expresso avant de le déposer devant moi. Puis, sans un mot, elle s'en retourna sur une chaise devant sa caisse et regarda la rue. Je bus rapidement mon café dans cette salle vide où le moindre son résonnait comme dans un appartement sans meuble. Je bus mon café. La patronne ne me regardait même pas et les yeux fixés vers l'extérieur, elle ignorait ma présence. Je payai et la saluai.

— Au revoir, me dit-elle d'une manière distante.

Ce fut tout. Je montai dans ma voiture, un peu frustré d'avoir choisi un café aussi lugubre.

Je fis une première étape près de Bordeaux dans un hôtel perdu dans les Landes. La chambre propre et confortable donnait sur une forêt de pins. J'étais arrivé tard le soir et je tombais de fatigue. Par la fenêtre, le bruit de la route me parvenait par intermittence. Ce bruit sourd et froid de machines qui venaient et s'éloignaient et que je trouvais cafardeux, me faisait apprécier ma maison au bord de la mer. Je voulais lire un peu, mais je n'avais rien prévu. J'allai à la réception et demandai où je pourrais acheter un magazine. L'employé me fit un sourire de circonstance et me regarda avec des yeux globuleux. Son crâne, dégarni sur le dessus, le vieillissait plus qu'il ne fallait. En l'observant davantage, je lui trouvais un air à Paul Prébois. Sa cravate, nouée trop courte, se balançait tel un pendule au-dessus du bureau à chaque fois qu'il se penchait pour s'adresser aux clients. Pendant qu'il me parlait, sa main caressait le clavier de son ordinateur :

— Je peux vous donner le « Sud-ouest[28] ».

Il me désigna un support sur le mur face à lui, qui contenait des journaux. Puis avant de me retourner pour en choisir un, il m'interpella :

— Mais j'y pense, tout à l'heure deux messieurs vous ont demandé.

J'écarquillais les yeux de surprise.

— Mais je ne connais personne ici.

---

[28] Journal local.

Il haussa les épaules d'impuissance et sa cravate suivit le mouvement.

— Il y a longtemps ? demandai-je.

— Il y a une heure environ.

— Comment étaient-ils ?

— L'air antipathique, c'est tout ce que je peux dire. Ils m'ont demandé si j'avais quelqu'un ayant votre nom. J'ai bien sûr répondu non. Quand vous avez pris la chambre, je n'ai pas fait le rapprochement. Mais maintenant, je me souviens.

— Vous ont-ils dit s'ils reviendraient ?

— Ils n'étaient pas bavards et ils sont partis sans rien dire.

— Vous ont-ils annoncé qui ils étaient ?

— Non plus.

— S'ils reviennent, ne dites pas que je suis là.

Je pris le journal d'un air penseur. Comment pouvait-on me demander ici ? L'employé s'assit et reprit son travail sur son micro, les yeux exorbités par la concentration qu'il mettait à scruter son écran. Je n'étais pas de la région et je ne connaissais personne. Qui pouvait faire cette démarche ? De plus, ma venue dans cet hôtel n'était due qu'au hasard. Cet échange m'inquiéta et la mission que je devais effectuer me revint soudainement en tête. Pourtant, il ne pouvait y avoir aucun rapport. Ni ce jardinier, ce Patrick Cras, ni sa femme ne pouvaient connaitre ma destination à part Béatrice. Je remontais, penseur, dans ma chambre. Je m'assis sur le lit sans ouvrir le journal. Je n'avais pas déballé mes affaires. Je fouillais dans ma mémoire quels étaient les amis qui pouvaient me chercher. Mais non, personne au monde ne savait que je me trouvais là. Il s'agissait d'une erreur du réceptionniste. J'allai à la fenêtre pour jeter un œil sur le parking. Ma chambre ne donnait pas sur l'entrée. Seule l'étendue de la forêt des landes s'étalait devant moi. Cet évènement me préoccupait. Je refermai la fenêtre en jetant un œil sur la rue. Je sortis de la chambre en fermant doucement la porte, peut-être par discrétion, et je redescendis à l'accueil. J'attendis que le réceptionniste finisse de recevoir de nouveaux clients avant de lui demander s'il s'agissait bien de moi. Il me répondit par l'affirmative et qu'il n'y avait aucune erreur. Je ne pouvais mettre en doute sa mémoire. Le caractère improbable de la requête m'alarmait.

— Vous ont-ils dit le motif de leur venue ? demandai-je à nouveau.

— Je leur ai posé la question, mais ils m'ont répondu que c'était personnel.

Ce n'était donc pas un éditeur voulant me rencontrer à tout prix ni un ami, à moins d'être recherché par un ennemi. Je n'avais pas non plus d'ennemi. Et je ne savais pas s'il fallait rester et attendre qu'ils reviennent et leur parler ou partir et fuir loin d'ici. Il me semblait ne rien avoir à craindre alors je dirigeai vers la salle du restaurant et m'y installai.

Les larges baies vitrées de la salle donnaient en partie sur le parking. Je m'assis de façon manière à observer les voitures qui s'y garaient. Tout en mangeant, je jetais un œil sur les allées et venues assez peu nombreuses à cette heure de la soirée. Dans le restaurant, chaque groupe discutait entre eux et aucun des clients ne semblait faire attention à ma personne. J'avais presque terminé mon repas et les mouvements tranquilles des clients et des serveurs que j'avais remarqués m'avaient plutôt rasséréné et je mangeai un peu plus décontracté. Pourtant, une berline imposante pénétra dans le parking et s'arrêta au milieu sans se garer. Cette voiture se démarquait des autres par sa taille, et son aspect ostensiblement luxueux. Le passager descendit aussitôt et se dirigea vers la réception. J'eus un coup au cœur. Les inconnus à ma recherche revenaient. Je dévisageais intensément l'homme entrer dans l'hôtel sans le reconnaitre. Puis il disparut dans le hall. Et après un moment, il fit irruption dans la salle et jeta un œil circulaire sur toutes les tables. Je baissai les yeux vers mon assiette avant que son regard ne croise le mien. L'instinct, surement, me guidait. Heureusement, je n'étais pas le seul célibataire. Probablement, quelques commerciaux attablés mangeaient tranquillement sans prendre garde à l'intrus et je tentais de les imiter.

Au bout d'un moment, je ne pus m'empêcher de lever les yeux par une curiosité dévorante. Il était toujours là scrutant les gens seuls attablés. Un serveur vint perturber son observation, mais il le renvoya d'un geste brusque. Il se dégageait de ce personnage une volonté brutale et bestiale qui me fit froid dans le dos. L'égoïste parfait, le prosaïque absolu, bref la brute épaisse sans remords ni regret. Soudain, son regard croisa le mien. Je ne cherchai pas à le fuir. De l'air le plus innocent que je pus, je soutins son regard un moment et baissai les yeux pour finir mon assiette le plus naturellement possible. Je sentais sur moi, son regard fixe et il attendait, j'en étais certain, que je lève les yeux de nouveau, comme un signe de trahison de ma part.

Curieusement, l'envie d'examiner encore me poussait à commettre une faute, mais je sus résister à la tentation du diable. Je patientais tout simplement de le voir remonter en voiture. Effectivement, peu après, je le vis traverser le parking et entrer dans la voiture sans fermer la porte. Il discuta un court instant avec le chauffeur. L'instinct me demanda de regarder mon assiette. J'avais raison, tous les deux regardèrent la salle de leur siège. Puis, toujours le même, sortit de la voiture et fit le tour des autos stationnées. Il observait les plaques d'immatriculation. J'eus alors un coup au cœur. Ils ne s'avouaient pas vaincus facilement et avaient de la ressource. Ils devaient savoir d'où je venais et allaient reconnaitre ma voiture. Je regrettais de ne pas être parti plus tôt. Ma curiosité allait me trahir, mais que faire maintenant ? Ils voudraient surement revenir vers le réceptionniste et l'interroger à nouveau. Avec leur air de brute, ils obtiendraient facilement ce qu'ils désiraient. Je ne pouvais rester, il fallait faire quelque chose. Je me levai alors de table discrètement. Puis, hors de vue du chauffeur, je me précipitai vers ma chambre et fis mes affaires. J'ouvris la fenêtre et regardai en bas. Il fallait que je quitte cet hôtel discrètement et au plus vite. Quelque chose en moi, me faisait paniquer et me poussait indiciblement à fuir par la fenêtre. Je ne devais pas passer par le hall.

Je jetais mon sac, me suspendis au rebord et me laissai tomber sur l'herbe. J'accusai le choc. Je me fis mal à une cheville, mais je pus me lever. Je pris les clefs de voiture que j'avais dans la poche et fis le tour du bâtiment en courant vers le parking. À l'entrée de l'hôtel, je penchais la tête au-delà de l'angle du mur et observai. La voiture attendait toujours avec le chauffeur à l'intérieur. « L'autre est monté me chercher », pensai-je. Je retournai sur mes pas. Une allée me montra le chemin à suivre. Elle se dirigeait vers un portillon donnant sur la rue. Je me précipitai vers lui. J'abaissai la poignée et il s'ouvrit sans peine. Je sortis de l'hôtel. Je fis le tour en longeant le trottoir en direction de l'entrée principale. Une haie protégeait les chambres des regards venant de la rue. Je revins ainsi devant l'entrée du parking de l'hôtel d'où je jetai un œil discret. La grosse berline attendait toujours. Le passager n'était encore pas revenu. Il me cherchait certainement.

Ma voiture, toujours garée, prête à partir, m'attendait à quelques pas de moi. Si je démarrais, le temps qu'il fasse demi-tour, je pouvais avoir une avance suffisante. Le conducteur avait la tête tournée vers le hall et attendait son complice. Tout en espérant qu'il ne regarde pas dans son rétroviseur, je marchais le plus discrètement possible en direction de mon auto. J'appuyais sur le bouton d'ouverture des portes et je déclenchais le mécanisme. Les clignotants s'allumèrent et la voiture fit un bruit significatif. Le conducteur de la berline regarda dans son rétroviseur et me vit. Je grimpai vite à l'intérieur et démarrai en trombe vers la sortie. Je ne fis aucunement attention à la route, mais en partant, je vis sur le côté, cette berline noire reculer à toute vitesse vers moi. J'échappai à la collision de justesse. J'entendis un long coup de klaxon impérieux du chauffeur qui appelait son complice. Je partis sans oser regarder dans le rétroviseur. Je fonçais dans la nuit.

Les routes des landes possédaient le désavantage d'être toute droite et, malgré l'avance que je pris, des lumières éclairèrent mon rétroviseur. Je traversais dans le noir un premier hameau comme un dingue. Seule la peur me dictait. Je ne me préoccupais pas des éventuels piétons ou autres voitures. Le danger que je pressentais me poussait à l'imprudence. Je ne savais rien de mes poursuivants, mais le seul fait de s'acharner à me poursuivre me terrorisait. Je ne me posais guère de questions à leurs sujets. Je fonçais dans la nuit à travers cette immense forêt de pins à regarder perpétuellement mon rétroviseur en jaugeant la distance qui nous séparait et celle-ci diminuait d'instant en instant. J'appuyais à fond sur la pédale d'accélérateur. Les arbres défilaient à toute allure et mon compteur affichait les 180 km/heure. Un premier village au loin me donna l'espoir de perdre mes poursuivants. Je pénétrais à une allure folle dans le village et je me rendis compte de ma vitesse en voyant le mur de l'église arriver vers moi à toute vitesse. Je donnai un coup de frein qui fit crisser les pneus. J'évitais de justesse le muret qui entourait le parvis du monument. J'étais presque à l'arrêt et j'accélérais en prenant à droite. Mais n'allant pas encore trop vite, j'aperçus un recoin entre deux maisons. Je m'y engouffrais et éteignis mes feux. L'idée fut bonne. Après quelques secondes d'attente à peine, mes poursuivants passèrent en trombe sans me voir. J'attendis un peu et reculai et pris la direction opposée. Les lampadaires du village, malgré un faible éclairage, me permirent de sortir du hameau sans phares. J'accélérais sur cette route linéaire des landes, sachant qu'ils allaient vite s'apercevoir de leur erreur. À un carrefour que je n'avais pas vu à l'aller, je tournais en direction de Langon, indiquée par des panneaux. Une autre signalisation me précisait que je prenais aussi la direction de l'autoroute.

En effet, après plusieurs kilomètres, j'arrivais à l'échangeur. Cependant, craignant toujours mes poursuivants, je m'engageais sur la nationale qui pénétrait dans la ville. La nuit était bien avancée, mais je n'osais m'arrêter à un hôtel. La hantise de retomber sur eux me terrorisait. Je continuais ma route en surveillant constamment mon rétroviseur et chaque voiture que je croisais augmentait mon angoisse. Je roulais ainsi une bonne partie de la nuit sur la nationale en direction de Montauban sans avoir revu cette énorme voiture. Et au fil du temps, je me décontractais un peu. Pourtant, malgré mes réflexions, faisant appel à mes souvenirs, je ne comprenais toujours pas qui étaient ces faces d'assassins ni pourquoi ils me cherchaient avec tant de persévérance. Le mystère était complet. Cependant, il me restait un long trajet à faire et j'avais peur de les retrouver sur la route.

Je réfléchissais également à la stratégie à suivre. Valait-il mieux renoncer à cette mission ou continuer ? Et s'il fallait aller vers le sud, quel serait le meilleur chemin à suivre : la nationale ou l'autoroute. Je décidai de continuer. Chez moi, ils pouvaient me trouver plus facilement que dans un quelconque hôtel.

La nuit dans un monde endormi, le paysage se limitait aux éclairages des hameaux éparpillés dans la campagne. Sous l'effet du noir environnant, malgré le ronronnement du moteur, l'impression de silence, de vide était bien plus forte que le jour. De temps en temps, je passai à côté de silhouettes d'arbres ou de maisons comme des repères me prouvant que j'avançais. Parfois, une ferme endormie au loin, au milieu de nulle part ou bien un peuplier près de la route : objets immobiles et sans vie se discernant dans une plaine noire sans horizon, sans paysage. Cela augmentait cette sensation de voyager dans un monde étrange et inconnu. Seuls les panneaux qui reflétaient la lumière des phares, repères d'un monde connu, me rassuraient.

Les heures passaient et la fatigue gagnait. Je ne souhaitais pas aller à l'hôtel qui devait être fermé à cette heure. Alors, après un moment, je m'engouffrai dans un chemin, et roulai loin de la route. Caché par les arbres, j'arrêtai la voiture. Je m'installais à l'arrière, pour avoir un maximum de confort. Je tentai de m'endormir dans la voiture. Mais je ne pouvais déplier mes jambes, je n'avais pas d'oreiller et très vite, la fraicheur de la nuit envahit l'habitacle. Je me mis à greloter. Je me couvris avec mon manteau ainsi que quelques habits que je pris dans la valise. Avec la peur d'entendre la grosse berline, recroquevillé et tremblotant de froid, je ne pus dormir, mais je pus me reposer. Il ne se passa rien cette nuit. J'avais définitivement semé mes poursuivants.

Au petit matin, je repris la route et rejoignis la nationale. Je roulai peu avant de rentrer dans Montauban. J'allais pouvoir savourer un bon petit déjeuner que je comptais m'offrir dans un bar. Cette idée de me restaurer me revigora le moral. Je trouvai une place au centre-ville et entrai dans un café animé où de nombreuses personnes s'y tenaient déjà. Je m'installai près de la baie vitrée d'où j'avais la vue sur l'animation de la ville. Le garçon m'apporta un bol de lait chaud avec les croissants que j'avais commandés. Je me régalai de ce délicieux petit déjeuner qui me faisait oublier ma nuit glaciale, recroquevillé à l'arrière, l'attache des ceintures de sécurité me pénétrant dans les reins. J'en profitai pour prolonger ce moment de bonheur en lisant le journal.

À côté de moi, les gens discutaient de tout et de rien. J'écoutais plus ou moins les propos qu'ils tenaient, non pas par curiosité malsaine, mais dans le désir de me plonger dans la vie simple des jours tranquilles. Une dame âgée tendait la main par-dessus la table pour mettre une serviette à son mari qui voulait boire son café. Celui-ci, conciliant, se prêta à cette attention en se penchant légèrement. À une autre table, une jeune femme exprimait son point de vue avec détermination à un jeune homme qui ne regardait que le décolleté de son interlocutrice. Au bar, des joueurs de PMU lisaient le journal en s'échangeant des informations et quelques cafés. Un serveur se frayait un chemin entre les joueurs et les tables, pendant que le patron servait au bar tout en discutant avec les clients. Toute cette animation d'une vie tranquille me détendait et je buvais mon café en profitant du spectacle sympathique de cette salle. Le temps ne me pressait guère et je me laissais chauffer par les rayons du soleil à travers la baie. Dans ce café, les raisons de ma venue s'évanouissaient poussées par le soleil printanier. Le vieil homme à la serviette reposa d'une main tremblante sa tasse pendant que sa femme sortit une bourse de son sac à main. Je payais moi aussi ma consommation et me levai.

Je repris la route, rassasié et je conduisis jusqu'à Toulouse où j'empruntai l'autoroute. Le ciel sans nuage annonçait une journée agréable et le soleil pimpant me ragaillardit tout à fait. Je roulais insouciant comme à un départ de vacances en écoutant la radio. Enfin, après quelques heures de route, l'idée me vint de prendre un café. Je continuais à rouler vers la prochaine station. Celle-ci possédait un large parking et je m'y dirigeai.

Le passé proche me gifla avec force à la vue de la grosse voiture luxueuse qui trônait au milieu des autres. J'eus un coup au cœur. Il ne pouvait y avoir deux voitures semblables. Dans le parking, je stoppai net. L'intérieur de la berline était vide, alors je détournai le regard vers la station. Trop éloigné, je ne distinguai que d'imprécises silhouettes à travers les vitres. Je repris de la vitesse et m'éloignai de la station. Une fois sur l'autoroute, j'accélérai mon allure en pensant à quitter cette voie par la première sortie pour prendre les routes secondaires. Je regardais dans le rétroviseur par intermittence dans la crainte d'apercevoir la voiture. Ce que je craignais arriva.

Au loin, un point noir se distingua des autres. Une sueur froide me glaça le front. Ils m'avaient vu à la station et me poursuivaient. J'accélérai davantage, mais je vis nettement que la berline se rapprochait rapidement. Ma vitesse excessive m'obligeait à zigzaguer entre les autres. J'appuyai à fond sur la pédale, mais leur voiture, bien plus puissante, était maintenant à quelques centaines de mètres derrière moi. Dans le rétroviseur, elle grossissait à vue d'œil et je ne pouvais rouler plus vite. Je ne pouvais rien faire pour les distancer et je me sentais perdu. Puis tout à coup, je vis dans le miroir, une tête sortir. J'observais plus précisément et je vis le passager me viser avec un pistolet à travers la portière. Je poussai, malgré moi, un cri d'effroi. J'appuyai davantage sur l'accélérateur déjà à fond. Une goutte de sueur froide coula sur ma tempe. Mes poursuivants se rapprochaient inexorablement et l'assassin s'apprêtait à tirer. Mais à ce moment, j'entendis une sirène. Et là, derrière mes poursuivants, une voiture de police apparut. Le tireur se retourna, vit les gyrophares et entra sa tête à l'intérieur. De peur d'être arrêté, je lâchai l'accélérateur pour me rendre à la police. Mais à ma grande surprise, la berline noire me dépassa en trombe, poursuivie par les gendarmes. Devant moi, les deux voitures s'éloignèrent à une allure folle doublant à gauche ou à droite celles qui gênaient leurs trajets. Bouche bée, je les regardai disparaitre. Stupéfait et subitement soulagé, je me mis à rire. Les deux voitures disparurent devant moi, l'une poursuivant l'autre.

Petit à petit, je me décontractai, et je roulai tranquillement sur l'autoroute. En même temps, je m'inquiétai fortement, car jusqu'à présent, j'eus de la chance. Il était certain que ces deux inconnus voulaient ma mort, bien que la raison m'échappât toujours. Je me perdais en conjectures sur la connaissance de ma destination ou la raison de leur mobile.

Qui étaient-ils ? Et pourquoi voulaient-ils me tuer ? Comment faisaient-ils pour me retrouver ? Personne ne connaissait ma destination ou les motifs de mon voyage. Je m'inquiétais de savoir s'il fallait que je continue. Mais alors que je réfléchissais à tout cela, je vis au loin des voitures garées sur la bande d'arrêt d'urgence. Je reconnus mes poursuivants qui s'étaient fait arrêter. En passant à côté, je vis les deux brutes, les mains sur le toit de la voiture et les jambes écartées en train de se faire fouiller par les gendarmes. Maintenant, je pouvais être tout à fait tranquille. Ils n'étaient pas près de reprendre la route. Je continuais mon chemin soulagé.

Je roulais jusqu'en début de soirée et je m'arrêtai à un hôtel aux abords d'un village au hasard de ma route. Bien que rassuré sur le sort de mes poursuivants, je préférai m'enfermer à clef dans ma chambre. Le souvenir encore chaud de mes aventures me poussait à la prudence. Je mangeais au restaurant de l'hôtel dans une salle presque pleine. Une fois revenu dans ma chambre, je m'allongeais sur le lit en écoutant les bruits extérieurs. Je tendais l'oreille, mais tout était calme et seuls les bruits de la campagne me parvenaient. J'eus du mal à m'endormir, de peur de voir encore ses brutes. Mais le calme aidant, je finis par m'apaiser. Le lendemain, je pris un copieux petit déjeuner avant de continuer mon chemin. Je repris l'autoroute après Montpellier et la suivie jusqu'à Marseille où je fis un nouvel arrêt.

Au fur et à mesure que les heures défilaient, je finis par oublier mes poursuivants, mais aussi la raison de mon voyage. Je profitais du paysage, je m'arrêtais dans quelques endroits touristiques comme Carcassonne. Je logeais dans d'agréables auberges et goutai à chaque repas les bons plats des restaurants. J'arrivais donc à Saint-Tropez bien plus tard que prévu. À l'hôtel, ma chambre n'était plus réservée, mais n'étant pas en haute saison, on put me loger facilement.

Le lendemain de mon arrivée, je décidai de visiter ce port que je ne connaissais pas. Je descendis à pied la rue qui y menait. Je vis les bateaux amarrés dans le port et ma mission me revint en mémoire. Tout en me promenant, je flânais le long du quai et à chaque bateau pour lequel je passais devant, je jetais un œil sur son nom. Malgré une attention toute relative, après une flânerie le long du port, je n'aperçus aucun « roi des mers », ce qui ne me contraria aucunement. Je pris un café sur une des nombreuses terrasses avant de m'intéresser à la ville. Je me baladai ainsi toute la matinée avant de regagner mon hôtel.

Le lendemain, je pris ma voiture pour me promener aux alentours. Le soleil, pimpant, réchauffant la région et mon moral m'invita à me garer et continuer à pied. Je longeais ainsi un sentier qui rejoignait la côte. Tout en marchant, je réalisai que j'aurais pu demander à la capitainerie des renseignements. Cette réflexion m'empêcha de continuer ma promenade et je retournai en hâte à ma voiture.

Je me garai près de l'hôtel préférant descendre à pied vers le port. Je cherchai la capitainerie et quand je la trouvai, celle-ci était fermée. Je remontai alors la rue, décidé à revenir le lendemain. Mais en prenant ma clef à la réception, l'employé m'annonça que quelqu'un m'avait demandé. Mon sang ne fit qu'un tour.

— Y a-t-il longtemps que cette personne est passée ? demandai-je.

— En début d'après-midi.

— Merci, dis-je en prenant les clefs de ma chambre.

« Mon Dieu, ils m'ont retrouvé. Je ne pourrais jamais leur échapper », pensai-je en remontant les escaliers. « Mais après tout, cette personne n'a peut-être rien à voir avec mes poursuivants de l'autre jour. Quel est ce mystère ? » Je retournai à l'accueil et demandai des explications :

— Cette personne a-t-elle demandé mon nom ?

— Tout à fait monsieur.

— A-t-elle donné la raison ?

— Non, monsieur.

— A-t-elle demandé à ce que je rappelle ou a-t-elle laissé des coordonnées ?

— Non, monsieur.

— Est-elle venue en voiture ?

— Je ne sais pas monsieur.

Devant un si peu prolixe employé, je préférai renoncer et le remerciai vaguement. Je ne pouvais rien en tirer. La peur me tordit les entrailles. Il fallait que j'aille aux toilettes. Je me rendis dans ma chambre. Je commençais à ranger mes affaires. Je devais partir de nouveau. Je me souvins alors des films d'espionnage que je regardais. Dans ces films, on collait toujours un émetteur dans les vêtements de la victime. Pour me retrouver si facilement, il ne pouvait en être autrement. Je fouillais alors mes habits un par un, tâtant chaque morceau de tissu. Je scrutais également ma valise, mais ne trouvant rien, je rangeai tout à l'intérieur. Je redescendis et payais ma note. Il fallait que je change encore d'hôtel dans un premier temps. Et dans un deuxième, que je retrouve ce maudit bateau avant qu'ils me coincent. Le réceptionniste ne me demanda pas la raison soudaine de mon départ et je payai mon séjour.

Je sortis en regardant partout dans la rue si on ne m'attendait pas. Je commençais à avoir des idées de paranoïaque en pensant que le réceptionniste pouvait être de mèche ; que les émetteurs n'étaient pas fixés à mes habits, mais à ma voiture. J'éteignis mon portable et sortis la batterie de son logement. Je jetais le stylo à encre que je portais sur moi et je descendis la rue en me cachant dans l'embrasure des portes tous les cent mètres en attendant que quelqu'un déboule sur moi. J'entrai dans un autre hôtel en scrutant partout dans le hall si aucune personne à la mine patibulaire ne m'attendait. Le réceptionniste me regardait.

— Vous cherchez quelqu'un ? finit-il par dire.

— Heu non. Je cherche une chambre.

— C'est bien là qu'il fallait venir, dit-il d'un air insolent.

— Personne ne m'a demandé ?

— Ah non, fit-il en se retenant de rire. Vous n'êtes pas encore inscrit.

— Auriez-vous une chambre au rez-de-chaussée ? demandai-je.

Le réceptionniste, lassé de mes étrangetés, ne me regardait même plus et me répondit plongé dans ses papiers d'un air détaché.

— Non, monsieur. Je peux vous en donner une au premier étage.

— Je la prends.

Si je devais m'enfuir à nouveau, je pourrais sauter par la fenêtre. Une idée me vint alors.

— Je paye d'avance ma nuit, annonçai-je.

— J'allais vous le demander, monsieur, me répondit-il avec toupet.

Je réglais ma note et montai à l'étage. Une fois dans ma chambre, j'ouvris la fenêtre et jetai un œil à l'extérieur. Celle-ci donnait dans une petite rue. Et dans la pénombre de la nuit tombante, je cherchai des yeux une ombre humaine. Mais après avoir longuement scruté, je n'y aperçus aucun danger. J'évaluai la hauteur et je jetai ma valise par-dessus la rambarde. Je l'escaladai ensuite, me suspendis à elle et me laissa tomber sur le pavé. À peine atterri, je regardai encore autour de moi. Non, la ruelle complètement silencieuse ne présentait aucun danger. Je marchais prudemment dans la crainte d'être surveillé et je suivais les rues au hasard. Puis, après quelques minutes de marche, je trouvais un autre hôtel. J'y entrai et demandai une chambre. Le réceptionniste m'en donna une et je m'y installai, persuadé que ma ruse ne résisterait à aucune poursuite. Je commandai le diner dans ma chambre. J'avais donné un faux nom à l'accueil pour être tout à fait tranquille. Par précaution, je fermai mes volets et la porte. Demain, je pourrai aller à la capitainerie et enfin mettre un nom sur ce visage qui ressemblait tellement à ce prévôt. Et surtout connaitre sa véritable identité et s'il avait un lien avec lui. Pour me faire oublier ces aventures, j'allumai la télévision en m'installant sur mon lit. J'eus bien du mal à m'endormir. La peur des bandits inconnus qui me recherchaient, l'incertitude de ma quête me travaillèrent une grande partie de la nuit.

Le lendemain, j'attendis que les rues de la ville se remplissent de monde avant de sortir de ma cachette.

Je m'engageais dans la rue, non sans avoir vérifié une éventuelle filature à mon égard. Le flux des passants me rasséréna et je m'intégrais dans la foule en me laissant entrainer vers le port.

Je pénétrai par la porte ouverte de la capitainerie. Personne d'inquiétant à l'intérieur. Je demandai à une personne derrière le comptoir, des informations à propos du « roi des mers ». Le jeune homme s'installa derrière l'écran de son ordinateur et commença à chercher. Puis après quelques frappes au clavier.

— En effet, il a un emplacement à l'année, dit-il.

Puis il se tut. J'attendis la suite, mais rien ne vint.

— D'accord, dis-je, et ensuite ?

— Ensuite ?

— Peut-être pourriez-vous me dire où se trouve son emplacement et s'il est là en ce moment.

— Ah oui, emplacement 17, mais je ne peux pas vous dire s'il est parti ou non.

— Ça ne fait rien. Je vous remercie. Pourriez-vous m'indiquer la direction s'il vous plait ?

Il entama une explication gestuelle, mais se rendant compte qu'il ne pouvait rien faire de sa place, il se leva avec une peine mal dissimulée vers la porte. Il entendit le bras, gesticulant de la main, pour appuyer son discours incertain.

— Vous allez tout au bout, là vous voyez ? Et c'est juste après le café.

Dans le prolongement des quais, une multitude de cafés s'alignaient. Quant au bout, je n'avais pas compris de quel bout il s'agissait. Je fis mine d'avoir compris et le remerciai.

— Au revoir, monsieur, répondit-il.

Je sortis en longeant les quais. Je regardais les yachts alignés côte à côte à l'allure ostentatoire qui se défiait de superbe les uns les autres. Je suivais les bateaux sans voir un seul numéro. Je lisais leur nom quand je pouvais. Enfin, je l'aperçus. Son nom ridicule fièrement affiché en gros sur le côté de la coque. J'inspectais discrètement à l'intérieur, mais je ne vis rien. Je ne voulais pas m'arrêter pour ne pas me trahir. Je continuai quelques pas. Et traversa la rue pour rentrer dans un café face au bateau. Je me postai sur une table le long de la baie vitrée. L'établissement était presque vide. Seuls quelques habitués discutaient tranquillement au comptoir. Aussitôt, le serveur vint à moi, un plateau à la main.

— Monsieur désire.

J'avais envie de répondre « monsieur désire un café ».

— Un café, s'il vous plait, dis-je simplement.

— Oui monsieur.

À peine tourna-t-il le dos qu'il cria à travers la salle.

— UN CAFÉ ! UN !

Je faillis rire au contraste du silence de la salle. Derrière le bar, un serveur fit marcher la machine à expresso, dont le tintamarre infernal du moulin à moudre emplit tout à coup tout le café. Le serveur m'apporta mon café, mais la machine continua toujours son impitoyable devoir. Je bus la première gorgée, quand enfin elle s'arrêta plongeant soudainement le bar dans une douce quiétude et soulageant du même coup mes oreilles sensibles.

Je me concentrai sur le « roi des mers ». J'attendais avec impatience que quelques personnes en descendent et que je puisse les suivre dans les rues comme dans tout bon film d'espionnage. Je terminai mon café, mais personne ne s'était montré, ni sur le pont ni à l'intérieur. Je commandai alors un autre café. Et à la fin du troisième petit noir, personne ne s'était encore manifesté. J'arrêtai les cafés, mais continuai tout de même ma surveillance. Le bruit de la machine à moudre m'indisposait.

Pendant ce temps, le serveur criait toujours les commandes à travers le café à chaque commande qu'il obtenait et que le barman exécutait avec empressement en sautant de son tabouret à chaque fois.

Je restai plus d'une heure et ce temps s'était écoulé péniblement.

Je patientais encore jusqu'à midi et quand on attend, les minutes s'enchainent avec peine en un long supplice de patience. Rien ne bougeait à bord. J'attendis encore, mais la faim commençait à me tirailler. Je décidai de quitter mon poste et d'aller me chercher un sandwich avant de reprendre mon observation. Je payai ma note et sortie à la recherche d'une sandwicherie. Je dus m'éloigner du port pour en trouver une. Je revins marcher le long du quai tout en mangeant le regard fixé sur le bateau. Je ne savais même pas si ma surveillance servait à quelque chose ni s'il y avait quelqu'un à bord. Peut-être étaient-ils également à ma recherche. Je me posai des questions sur Isabelle. Était-elle coincée à l'intérieur ? Si elle séjournait à bord, je ne saurais même pas comment je pourrai lui parler ou bien même l'en extraire. Je m'approchai alors du bateau. Il n'y avait pas de passerelle pour y accéder. Le bateau trop éloigné du quai empêchait de sauter à l'intérieur. Je faisais des allées et venues pour trouver les moyens d'y pénétrer ou d'apercevoir quelque chose, quand je fus surpris par une voix.

— Beau bateau, n'est-ce pas ?

Je sursautai de frayeur en pensant m'être fait prendre. Je me retournai promptement, mais il s'agissait d'un touriste.

— Moi aussi j'aimerais bien avoir le même, continua-t-il.

— En effet, dis-je pour donner le change.

— Qu'est-ce qui peut y avoir comme richards ici. J'aimerais bien pouvoir m'offrir un comme ça. En tout cas, c'est pas avec la paye que je me fais que je pourrais me l'offrir.

Il me semblait que le mot « richard » comportait une connotation négative. Pourtant, il aurait bien aimé en être un. Bref, il voulait être « calife à la place du calife ». Il continuait sa diatribe.

— En tout cas, le propriétaire n'est surement pas un ouvrier. C'est probablement un banquier ou quelque chose comme ça.

— Détrompez-vous, dis-je. Il s'agit d'un crétin de jardinier qui a gagné au loto.

— Qu'en savez-vous ? me répondit-il doutant visiblement de mes dires.

Je ne pus m'empêcher de répondre :

— Le crétin, c'est moi.

Gêné de m'avoir fait part de sa jalousie, il balbutia quelques excuses et continua son chemin. Ne pouvant rien faire de plus, je m'éloignai et entrai dans le même café pour prendre un cognac et poursuivre ma filature.

— UN COGNAC, UN ! cria le serveur.

Et j'attendis encore et deux ou trois cognacs plus tard avant de commencer à désespérer et à me poser des questions sur la pertinence de ma présence d'une part, et si je ne m'étais pas trompé de bateau, d'autre part.

Je ne savais pas s'il était vraiment utile que je reste. Je payai mon cognac. Le serveur qui attendait le dos appuyé sur le bar aperçut mon geste et s'empressa de venir encaisser. À ce moment, un groupe d'hommes, dont l'un tenant un téléphone, descendit d'une voiture noire. Le cœur me serra en croyant reconnaitre la berline qui me poursuivait. Un autre apparut sur le pont et manœuvra pour sortir la passerelle. Il y avait bien quelqu'un à bord. Et je remerciai le ciel de ne pas être monté. La voiture partit aussitôt et le groupe d'hommes monta à bord. La passerelle fut retirée. Je ne reconnaissais pas ces personnes et l'éloignement m'empêcha de les distinguer convenablement. Pourtant, je fus certain qu'ils étaient mes poursuivants. Finalement, la police les avait relâchés après les avoir arrêtés sur l'autoroute. Je m'aperçus alors que le bateau d'à côté avait sa passerelle déployée. Je pensai alors pouvoir monter à bord de ce yacht pour sauter sur le « roi des mers ». Je sortis du café et repris la direction des quais. J'examinai le bateau. Il surplombait légèrement son voisin et avec une bonne enjambée, je pourrais sauter sur le bateau. Je jetai un œil autour de moi. Les gens passaient et repassaient en regardant le port et les bateaux alignés sur le quai. En face, des gens bravaient la fraicheur pour fumer sur la terrasse des cafés. Il y avait trop de monde pour que je fasse cela sans être vu. J'hésitai à le faire et finalement, je remis ce projet à une heure plus tardive.

La nuit succéda au soir sans que la fréquentation diminuât. Je n'avais pas le choix. Et malgré plusieurs hésitations, je m'approchai du bateau voisin. Je vérifiai la présence de personnes. Aucune lumière ne sortait des hublots. Le bateau, abandonné, dormait calmement dans la nuit. À côté, je ne détectais aucun mouvement sur le pont ce qui m'encouragea d'un bond à grimper dessus. Je jetai un œil sur le quai. Les passants se promenaient sans m'avoir remarqué. Je m'accroupis pour mieux me cacher et observer le « Roi des mers ». La lumière à travers les hublots éclairait le flanc du bateau sur lequel j'étais. Je devais monter à bord et savoir où se trouvait Isabelle. J'attendis encore un peu accroupi dans l'ombre avant de me décider à sauter sur l'autre yacht, quand des voix interrompirent mon action. Je me tassais davantage vers le fond.

— Il ne devrait plus tarder maintenant, rentrons vite.

Je vis alors deux hommes positionnés sur le toit du « Roi des mers » que je n'avais pas vus.

Mon cœur battit la chamade. Cachés eux aussi, ils m'attendaient de pied ferme. J'allais me faire piéger comme un imbécile. Ils connaissaient à l'avance mes déplacements. Je ne pouvais rien entreprendre sans me faire prendre. Je rejoignis le quai et retournai à l'hôtel reprendre ma chambre sous l'œil circonspect et interrogatif de l'employé. Je pénétrais dans ma chambre facilement, puisque je ne l'avais pas fermée en partant par la fenêtre. Je m'affalai sur le lit en réfléchissant. Ce prévôt de malheur, je ne sais comment, avait tous les atouts dans son jeu. Quoi que je fasse, il le savait. Il m'attendait pour régler ses comptes définitivement avec moi. Il n'a pas oublié ce jour où je l'humiliai en public ou j'abattis d'un coup de poing son petit privilège. J'enrageais d'impuissance. Comment me faire avoir par un petit roturier crotté à qui tout semblait réussir ? Quelle que soit l'époque, cette brute a su s'adapter en toute intelligence et je suis dans l'incapacité d'agir. Je ne savais comment il pouvait avoir une longueur d'avance sur moi. Que faire sinon de revenir dans le passé. Puisque le présent m'était défavorable, je devais retourner à l'époque de Chamard. En revenant à ce siècle, je pourrais l'affronter à armes égales.

Perdu dans mes réflexions d'élaboration d'un plan, je mis du temps avant de m'endormir. Au petit matin, je n'eus pas besoin de réveil, tant j'avais à cœur de commencer. Je retrouvais ma voiture et repris le chemin de ma maison. Je voyageais toute la journée en pensant à ce que je devais faire et comment le préparer. Je compris que je ne pouvais pas faire ce retour vers le passé maintenant. Il fallait que je m'adapte mieux à l'époque. Le voyage retour se fit sans encombre. Malgré mon angoisse de voir ressurgir à tout moment ce prévôt et ses hommes. Ainsi, avant chaque arrêt, je scrutais les parkings à la recherche de leur voiture. Je regardais par les fenêtres des cafés desquels je voulais m'arrêter. Bref, j'avançais à pas prudent. Je fis le trajet en plusieurs étapes prenant des routes de traverses afin de perturber mes éventuels poursuivants. Échaudé par le chemin aller, je prenais toutes les précautions nécessaires. Je m'arrêtais dans de petits hôtels loin des grands axes routiers. Je profitai de ce trajet pour faire un peu de tourisme et choisissais les routes les plus improbables pour un voyage au long court.

Je mis plusieurs jours avant d'arriver chez moi. Et la première chose que je fis, dans une paranoïa grandissante, fut de commander plusieurs caméras de surveillance avec alarme que je plaçais tout autour de ma propriété. Je ne voulais pas être surpris par ces lascars. Dans le même temps, j'entrepris la tournée des antiquaires, des brocanteurs, et à la belle saison des vide-greniers à la recherche de pièces du XIIe siècle. J'en trouvais à un prix fort cher, que j'achetai pour subvenir à mes premiers besoins. Je trouvai une livre tournoi et des deniers plus faciles à écouler, le tournoi valant 12 deniers. J'achetais également une épée de cette époque, un havresac et quelques objets qui me seraient utiles. Je me ruinai également en bijoux en or pour le plus grand bonheur du bijoutier.

Je m'inscrivis également à des cours d'escrime ou je pratiquais le sabre, l'épée et le fleuret. Je préférais de loin la pratique du sabre et du fleuret et au bout d'une année, je commençais à me sentir suffisamment à l'aise pour utiliser cette arme à mon avantage. Bien que dans ma jeunesse, j'eusse pratiqué ce sport, il fallut reprendre à zéro les bases. Cependant, cette lointaine expérience m'aida à retrouver plus facilement les gestes et la technique. Loin d'être un champion de l'escrime, mon savoir suffirait à corriger les simples manants et ce prévôt à condition qu'il n'eût pas la même idée que moi. Mais tel que j'imaginais le bonhomme, il n'avait certainement pas pensé à suivre des cours d'escrime. Ce genre de personnage s'adaptait à toutes situations et notre époque n'utilisait pas l'épée, mais les armes à feu. Je pratiquai également le tir à l'arc et en achetai un avec ses flèches et son carquois. Je prenais toutes les précautions pour avoir l'avantage selon les circonstances. Puisque je ne pouvais rien faire dans le présent, j'allais agir dans le passé. Je n'avais qu'une crainte, de ne pas retourner au même endroit en temps et en heure. Mais je comptais sur monsieur de Panisa pour m'aider en ce sens. Le plus difficile restera de se jeter dans le vide.

Une nuit, l'alarme se déclencha. Je sursautais de mon lit et avec anxiété me dirigeais vers l'écran de surveillance. On venait de pénétrer dans ma propriété. Les caméras infrarouges balayaient tout le pourtour et l'appareil qui sonnait se signalait en entourant d'un cadre rouge la partie de l'écran de l'ordinateur. J'agrandis l'image et scrutai le film avec anxiété. Pourtant, je ne voyais rien à l'écran. J'attendis un moment. L'intrus avait peut-être eu l'idée de se cacher un moment avant d'aller plus avant. Alors, j'attendis également. À force, mes yeux s'habituèrent à l'image un peu floue et grise que la caméra renvoyait et je distinguais mieux les arbres et l'environnement. Par acquit de conscience, je jetais un œil sur les autres images, mais rien ne bougeait. Au bout de quelques minutes, je pensai à une fausse alerte. Pourtant l'alarme retentit de nouveau. Et cette fois-ci, une forme bougeait dans l'image. Ce n'était qu'un sanglier qui creusait la terre. Je me détendis d'un coup prenant conscience soudainement de mon anxiété accrue. Mes mains se mirent à trembler légèrement. Je retournai me coucher en pensant à raccourcir mon temps de préparation.

Ce temps n'avait aucune incidence. Mieux je préparai mon expédition, plus j'augmentais mes chances de réussite. Même si je mettais deux ans, je reviendrais toujours au même point de passé. Pourtant, l'anxiété me faisait hâter ces préparatifs. Et les quelques jours qui passaient augmentaient mon angoisse. L'épreuve de la caméra ne m'avait pas laissé indemne. La mémoire du prévôt et ces hommes hantaient davantage mon esprit. Me cherchait-il, ou m'avait-il perdu ? Peut-être pensait-il que j'avais abandonné et qu'il profitait d'une vie tranquille sur son yacht. Je pleurais à la pensée à la fille de Panisa mariée à ce forban. Cette idée augmentait ma rage et je n'attendis pas le début de l'été pour retourner à la falaise.

Toutes les affaires m'attendaient rangées dans la voiture. Je m'habillais avec le costume de mon premier voyage. Je jetai mon havresac à l'arrière de la voiture et mon épée. Je m'installai et démarrai. Je repris le chemin de la falaise, cet endroit duquel je voulais me suicider. C'est étrange. Je voulais en finir avec ma vie et maintenant, j'espérais la conserver à tout prix. L'amour, voilà ma motivation, ma raison de vivre. Je manquais d'amour et souffrais de solitude. Aujourd'hui, j'avais le rôle du preux chevalier. Et si j'échouais, dans ma mission de sauvetage, il faudra alors que j'en termine encore avec ma vie. Je ne pourrais supporter de savoir Ysabéa aux mains de cette brute. D'ailleurs à cette idée, mon cœur battit bien fort dans sa poitrine et je sentais la rage prendre le dessus. Elle si douce, si pure et si bien éduquée aux bonnes manières, prisonnière de cette ordure. J'en pleurais de rage. Mon impuissance gonflait ma haine et ma détermination. Il fallait que je le tue. Bien que je me sentisse incapable de faire du mal à une personne, je savais que ma rage devrait m'aider à accomplir cette tâche. Comment faire sinon de supprimer ce nuisible ? Lui vivant, sera comme un boulet à mes pieds dont je ne pourrais me débarrasser.

Le seul moyen de vivre avec mon aimée, c'était de l'écarter de mon chemin dès le début. Mon atout, l'escrime et ma volonté. Et si je ne pouvais pas accomplir ma mission, je la ferais faire par quelques forbans. Je trouverai bien un assassin pour quelques pièces de monnaie. À cette époque, il ne devait manquer pas de manants affamés prêts à tout pour un peu de nourriture. Puisque je ne pouvais rien faire dans le présent, je le ferai dans le passé. Perdu dans mes pensées assassines, je ne prenais pas garde à la route et c'est machinalement que je suivais le chemin jusqu'à la falaise.

Je garai la voiture et descendis pour reconnaitre l'endroit. Mais en m'approchant du surplomb, je m'aperçus que la mer était basse. Dans mon impatience, j'avais oublié l'heure des marées. J'étais furieux contre moi-même et résigné, je retournai chez moi. Il me fallut plusieurs heures avant que ma fureur redescende. Ce qui me fit penser que malgré tous mes préparatifs, il y aura toujours une part d'inconnu pour perturber ma volonté. Ceci pourtant ne changera rien à ma détermination. La soirée se passa lentement. Je ne pus me concentrer sur un livre ni sur un film à la télévision. Je fis les cent pas dans mon salon. Je me couchai tôt sans pouvoir m'endormir. Alors j'allais à la fenêtre et regardai dans la nuit. Je n'osai penser à ma belle sans que l'angoisse et la frustration vinssent perturber mon peu de tranquillité. J'avais bien sûr d'autres motifs d'inquiétude qui perturbaient mes nuits. Le retour vers le passé devait être précis. Je devais retourner au moment où j'étais avec Ysabéa. C'est-à-dire juste après avoir fait sa connaissance, et surtout avant que je lui fasse ce bébé qui l'obligerait à se marier avec le prévôt de malheur. Il fallait également compter avec le seigneur de Rancon et sa sorcière de femme qui ont davantage de pouvoir pour me nuire. Je comptais beaucoup sur monsieur de Panisa pour régler ce genre de détail et de ne pas avoir à souffrir de la volonté de ces personnages. Il tenait le temps entre ses mains et je comptais sur ça pour atterrir au bon endroit.

J'attendis le lendemain pour revenir à la falaise. À l'heure de la marée haute, je montais de nouveau dans ma voiture. Je vérifiais le contenu de mon havresac. Il n'était pas d'époque, mais serait bien pratique pour marcher. Je retrouvais dedans quelques boites de conserve en verre enveloppé dans des chiffons pour éviter que les pots cassent. Dans des poches latérales un bon couteau, un poignard pour ma défense. Mes pièces de monnaie d'époques dans une autre poche. Deux ou trois bâtons luminescents pour m'éclairer dans la nuit ou peut-être pour d'autres utilités trainaient au fond. Bref, j'emportais quelques menues bricoles pour ma défense ou me sustenter et retournai à la falaise ou je me garai non loin. Je cachai les clefs de la voiture sous des pierres et m'approchai du promontoire.

Sous mes pieds, je voyais tout en bas les rochers frappés par les vagues et les mouettes jouant au-dessus de l'eau. Pourtant, l'océan calme et paisible ne soulevait pas de grande houle, mais quelques ondulations paisibles qui s'éclataient au pied de la falaise. Je mesurais le vide qu'il pouvait y avoir jusqu'en bas. Je me plaçais au bord de l'aplomb et tentai de me jeter dans les airs. Ayant un peu de peine à confier mon être au bon vouloir du destin, je me balançais d'avant en arrière tout en regardant les oiseaux insouciants qui planaient. Ils profitaient du vent portant qui remontait la paroi et planaient immobiles juste au-dessus de la falaise. Je m'attardais un peu trop à ce spectacle et j'en oubliais un peu la raison de ma venue.

Au loin, le soleil illuminait le ciel sans qu'aucun nuage le dérangeât. Encore haut dans le ciel, il réchauffait mon corps. Il y avait suffisamment d'eau pour plonger sans s'écraser sur le fond. La mer ne devait pas être froide en cette saison. Je regardais autour de moi. Il n'y avait aucun témoin pour contrarier mes projets. Malgré tout, je n'arrivais pas à sauter. Le doute surement. De Panisa allait-il jouer son rôle ? Je me disais qu'après tout, même s'il ne m'arrêtait pas en vol, j'en serais quitte pour boire la tasse. Pourtant, la hauteur me dissuadait de sauter.

Après quelques minutes d'hésitation pendant lesquelles je me balançais en avant puis me rattrapais vers l'arrière, je décidais de changer de tactique. Je reculais de plusieurs mètres et me mis à courir prêt à sauter dans le vide. Mais arrivé au bord, mue par une peur indue, je stoppais net. J'enrageais. Comment pouvais-je refuser de sauter alors que la vie de plusieurs personnes dépendait de ma volonté ? Je reculais de nouveau pour refaire une tentative. Mais à chaque fois, la vue du vide faisait bouclier contre ma volonté. Alors je reculai encore pris mon élan et couru. Mais cette fois, je fermai les yeux avant d'arriver au bord. Ne voyant plus rien, l'instinct de survie m'enjoignit de m'arrêter. Ce que je voulus faire, mais mon pied cogna contre un rocher affleurant l'herbe et me projeta malgré moi par-dessus la falaise. Je n'eus pas le temps de me débattre devant l'appel du vide et tout devint gris et calme. Le bruit du ressac avait disparu comme le cri des mouettes ou le souffle du vent dans mes oreilles. Je compris que je ne tombais plus dans le vide. J'eus un haut-le-cœur provoqué par la différence entre la chute que je pensais faire et mon immobilisme soudain. Mon cerveau, ayant enregistré la vitesse, contredisait la réalité, ce qui provoqua un choc dans mon cœur.

— Vous allez bien ? entendais-je à côté de moi.

Je me retournai vivement pour voir Monsieur de Panisa près de moi. Je poussai un soupir de soulagement.

— Ah, vous êtes là. Ça a marché.

— Oui, bien sûr je vous attendais.

— Savez-vous pourquoi j'ai sauté de nouveau ?

— Vous avez besoin de revenir dans le passé, je suppose.

— En effet, j'ai eu bien du mal avec ce prévôt de malheur. Il connait à l'avance mes intentions. Je ne peux rien entreprendre sans qu'il m'attende au tournant.

— Voilà qui est gênant, répondit de Panisa.

— Comme vous dites. Je suis allé à Saint-Tropez où j'ai vu le « roi des mers ». Mais j'ai failli tomber dans un piège. Heureusement, ils se sont trahis et j'ai pu l'éviter à temps. Aussi, j'ai pensé que la seule solution était de tuer la poule dans l'œuf.

— C'est-à-dire ? me demanda de Panisa.

— Il faut me faire transporter juste après ma rencontre avec le marchand et…

J'ai failli dire : « Avant que je mette enceinte Ysabéa », et avant la demande en mariage, ajoutai-je. Ce qui me laisse peu de temps pour agir.

— Et à quoi avez-vous pensé ?

— J'ai pensé à le tuer. C'est le seul moyen que j'ai trouvé.

— Comment allez-vous vous y prendre ? Il a beaucoup d'appuis.

— Les appuis ne soutiennent que très mal en général. Il suffit d'un rien pour qu'ils cèdent.

— Comment cela ?

— On ne connait ses amis que dans l'adversité. Je vais faire de cet adage mon atout. Quand il sera seul sans personne pour l'aider, la tâche sera plus facile pour moi.

— Ça parait simple comme ça, dit de Panisa dans sa barbe. En espérant que ça marche, continua-t-il un peu plus fort.

— Il le faut. Je tenterai tout ce que j'ai en mon pouvoir. Pourrez-vous me faire atterrir à la bonne période ? demandai-je.

— Nous allons voir.

Je fus soudainement happé et tout à coup, je sentis la morsure froide de la mer m'envahir. Je m'enfonçais dans l'eau fraiche et repris mes esprits. Surpris malgré tout, je m'agitais désespérément pour remonter au plus vite à la surface. Je me débattais plus que je nageais vers la plage à quelques centaines de mètres et j'y parvins épuisé. Mes habits et mon équipement ne facilitaient pas la nage. L'épée m'alourdissait et mon arc gênait mes mouvements. Heureusement, le soleil eut pitié de moi et je me déshabillais au plus vite pour me sécher avec toutes mes affaires. Je déballais mon havresac et j'étendis tout sur l'herbe. Je pris alors un moment pour regarder autour de moi. Ma voiture avait disparu et une forêt dense prit la place des champs habituels, preuve de mon saut dans le temps. Je me souvins avoir caché les clefs sous une pierre. J'avais donc l'intention de ne pas m'éterniser dans le passé. Je les avais mises là sans y penser, naturellement.

Je me mis nu à côté de mes habits et profitais des bienfaits du soleil pour m'exposer sans honte. Après une heure ou deux d'exposition, les rayons bienfaisants se transformaient en pointes brulantes. Je me levai et tâtai ma chemise. Elle était presque sèche. Je m'installai à l'ombre d'un arbre et attendis encore un peu. Le soir arriva assez vite. Je me rhabillai en goutant avec plaisir les habits tout chaud contre ma peau.

— Je ne vais pas m'aventurer dans les bois le soir. Il y a des loups et peut-être des brigands, pensai-je. Je vais rester ici pour la nuit et faire un petit feu. Je partirai au petit matin.

Je me levai et ramassai du bois mort que je rassemblai pour faire un feu en espérant que le briquet que j'avais ramené fonctionne après son plongeon dans l'eau de mer. Après une ou deux tentatives, il voulut bien me donner une flamme que j'approchai d'herbes séchées. Je mis des brindilles qui prirent rapidement. J'ajoutai alors quelques branches plus grosses.

J'inspectai tout mon matériel et rapprochais avec prudence mon épée de moi. Je ne fis pas un gros feu et j'évitais qu'il fume. Par discrétion, je ne voulais pas attirer l'attention des hommes.

Je n'avais pas l'heure avec moi, ne pouvant évidemment emporter aucune montre. Je me fiais à mon ventre pour m'indiquer l'heure du repas. Et quand celui-ci se manifesta, j'ouvris une des boites de conserve que je sortis de mon sac à dos et que j'enfonçais dans la braise pour en réchauffer le contenu. Je pris mon repas tranquillement sans penser à la suite, en regardant la mer toujours calme, intemporelle comme si rien le temps n'existait pas. La nuit tarda à tomber et en attendant le sommeil, je me baladais le long de la côte. Les pieds dans l'eau transparente, je remarquai une vie intense dans la marée montante. Des crevettes, de petits poissons, sans compter crabes et étoiles de mer se faufilaient entre les cailloux se laissant guider par le courant à la recherche d'un peu de nourriture.

Je m'enfonçais un peu dans l'eau après avoir quitté mes souliers, et plié en deux, j'observais la faune marine. Les poissons, dont je ne connaissais pas le nom, s'écartaient de mes pieds. Mais si je restais immobile un instant, ils revenaient effleurer ma peau. Les algues accrochées aux rochers se balançaient doucement au rythme des vagues. Je remarquais beaucoup d'espèces différentes. Je pus voir, se cachant à l'intérieur de cette végétation, un hippocampe. Puis, un peu plus loin, une de mes flèches qui flottait coincée dans les algues. Je la ramassais et repartis aussitôt vers mon campement vérifier le contenu. Dans ma chute, je dus perdre des objets. Je déballais le contenu de mon havresac. Et après un empirique inventaire, je fus soulagé de constater que rien ne manquait. Seule la flèche que j'avais ramassée manquait à l'appel. Cette promenade m'avait fait passer le temps et au loin, le soleil rejoignait l'horizon. Je m'allongeais sur le dos après avoir alimenté un peu le feu en bois sec. Je ne dormis pas très bien. Le vent me réveillait en soufflant sur ma peau sa brise fraiche de la nuit. J'attisai alors le feu pour me réchauffer. J'attendis avec impatience le lever du soleil. Et c'est au chant du coq que je rassemblai mes affaires et pris le chemin de la ville.

Je retrouvai facilement le chemin que j'avais emprunté la première fois et bien que lointain dans ma mémoire, je reconnus rapidement les lieus. Je me souvins avoir longé la mer dans l'idée de retourner chez moi, ce que je fis de nouveau. Après deux ou trois heures de marches, en haut d'une colline, j'aperçus le premier petit hameau que j'avais croisé la première fois. Je me mis derrière un arbre pour l'observer un moment. Dans l'agitation matinale, les femmes en guenilles allaient et venaient, certaines vers des champs, d'autres s'occupant de bêtes. Bien qu'à peu près présentable pour l'époque, je préférais éviter ces gens ayant des doutes sur leurs réactions.

— Ne cherchons pas le bâton pour nous faire battre, pensai-je.

Je continuai donc, mais à l'abri de la futée prenant soin de me cacher des habitants. Je continuais ainsi et le chemin de terre bifurqua plus profondément dans la forêt. Je marchais encore, quand la faim arrêta ma course. Je m'installai dans une petite clairière et fis un feu avec le bois mort trouvé sur place.

— Le briquet ! Quelle invention géniale ! me dis-je en brulant un peu de paille avec une facilité déconcertante.

À cette saison, faire du feu était facile. La matière sèche et chaude prenait facilement.

Je sortis de la nourriture du sac que je plaçais dans la braise. Tout en mangeant, je me souvins de Fortune qui m'avait adopté et même défendu.

— La ferme où j'avais trouvé des pommes n'était pas loin d'ici, pensai-je.

Je mangeai rapidement et éteignis proprement le feu. Bien qu'armé et habillé correctement, habité par le souvenir de mes déboires de ma première venue, je n'étais pas tout à fait à l'aise. Je craignais faire de mauvaises rencontres. Je repris donc ma route après m'être assuré que personne ne passait sur le chemin et que mon épée fut bien à sa place. Je m'avançais donc sur le chemin creux qui sillonnait la futée. Je passai discrètement devant la masure ou Fortune me suivit et je retrouvais le carrefour avec la croix de Jésus. Tout ce chemin me parut familier tant il était encore frais dans ma mémoire. Mais je n'avais pas l'habitude de marcher aussi longtemps et la fatigue m'imposa une halte journalière. Je trouvais un endroit dans la forêt, pas trop loin de la route pour ne pas me perdre et suffisamment éloignée pour ne pas être vu. Je m'allongeai et pris par la fatigue, je m'endormis rapidement. Je me réveillais le soir et la faim venant, je fis un petit feu pour mon repas. Je passai une nuit difficile en cet endroit, dérangé par la fraicheur et l'humidité des sous-bois.

Le lendemain matin, des voix me réveillèrent. Je me levais en vitesse. Elles venaient du chemin. Discrètement, je m'approchai en m'abritant derrière un arbre. Je vis un groupe de paysans tirant une charrette. Ils se dirigeaient vers la ville certainement pour vendre leurs produits au marché. J'attendis qu'ils s'éloignent avant de reprendre ma route. Je repartis donc et après une ou deux heures de marche, les bois s'éclaircirent en laissant place à ces petits champs imbriqués les uns dans les autres et entourés de haies que les oiseaux ou mulots venaient habiter. Les hirondelles m'accueillirent en gazouillant au-dessus de ma tête. J'arrivais enfin à la civilisation. Je traversais les premiers hameaux et reconnus le chemin vers ma demeure, celle que Chamard dans sa grande bonté m'a permis d'habiter. Enfin, je passai le portail. Voilà plus d'un an que j'étais parti, mais pour cette époque, je revenais de promenade. La Bounine qui prenait de l'eau au puits ne me vit pas. C'est Fortune qui sortit de je ne sais où, courut vers moi la queue fouettant l'air à qui mieux mieux. La Bounine vit le chien filer, telle une flèche, et le suivit du regard jusqu'à moi.

— Ah, vous voilà enfin, maitre ! je croyais que vous vous étiez perdu ou que Myrghèle vous avez emportée.

La réaction de la Bounine me soulagea. J'étais revenu au moment exact où il fallait que je revienne. Il s'était passé pour moi plusieurs mois, mais à cette époque, une heure ou deux tout au plus.

— Myrghèle ? En effet, elle aurait pu me prendre, dis-je au souvenir de mon agression. Heureusement pour moi, il n'en a rien été.

— Hé, me répondit-elle, vous parlez maintenant comme si vous y croyez. Moi qui pensais que les histoires de sorcières ne vous intéressaient pas !

— Tu as raison, dis-je. J'ai eu tort, j'ai changé d'avis. Maintenant, va me préparer un bon bain et à manger. Ma promenade m'a épuisé et je suis fourbu.

— Bien maitre, dit-elle en ramenant son sceau à la cuisine. Mais dites-moi, vous n'aviez pas d'arc en partant ni ce drôle de sac que vous avez. D'où vous l'avez trouvé ?

« La petite curieuse. », pensai-je, elle a l'œil sur tout.

— Je suis allé acheter du matériel en ville, dis-je tout haut.

— En ville ? Mais vous n'êtes pas allé en ville, commença-t-elle à dire.

— Allez va, répondis-je sèchement. Va faire ce que je te demande. Et apporte-moi des habits propres.

Elle continua en bougonnant ne croyant qu'à moitié mes réponses. Armand, qui nous avait entendu parler vint nous rejoindre.

— Va aider la Bounine, lui demandai-je avant qu'il ne me pose lui aussi des questions.

Il ne fallut pas lui dire deux fois et sans hésiter, il partit à la suite de la petite bonne.

J'entrais à l'intérieur et je ressentis la fatigue de ces quelques jours de marches et de nuits inconfortables. J'allais vers le salon où je me serais bien laissé tomber sur un canapé moelleux. Mais il n'y avait qu'une table et ses deux bancs inconfortables.

Le bain bien chaud me détendit et le repas que je fis par la suite fut le plus délicieux des diners. Je me rendis compte que mes deux ou trois jours de voyages m'avaient fatigué plus que je ne pensai. Malgré le beau temps et la douceur du soir, je me couchai tôt. Mais je ne m'endormis pas facilement tentant de me mémoriser les évènements qui ont eu lieu il y avait plusieurs mois. Il fallait que je trouve les actions à mener. Cependant, je pensais à beaucoup de choses sauf à des plans concrets et, rattrapé par la fatigue, je m'endormis rapidement.

Le lendemain, je me réveillai baigné par le bon soleil d'été qui par la fenêtre me faisait signe de sortir. Je m'habillais et demandais à la Bounine de me faire un bon bol de lait chaud avec une tranche de pain beurré. J'avais conservé mes habitudes du XXIe siècle ce que ma petite servante ne comprenait pas et elle s'exécutait en faisant la grimace. Je m'installai sur les marches du perron pour savourer mon petit déjeuner au soleil, pendant qu'Armand préparait la charrette.

Le bon soleil du matin éclairait de ses rayons les arbres et le chemin que les hirondelles pressées survolaient. Nous avancions sans un mot nous laissant entrainer doucement par le temps qui passe. Sur le chemin inégal, la carriole nous balançait de droite à gauche en nous berçant. Mon cerveau s'appesantit et je fermais les yeux, prêt à m'endormir, jusqu'à ce qu'une pierre plus grosse que les autres fit sursauter le charriot m'extirpant sans douceur de ma somnolence. Je n'avais pu laisser Fortune, qui nous suivait haletant de-ci de-là, trottait à côté de la charrette.

Nous arrivâmes quand la matinée amorçait son milieu. Nous passâmes la porte de la ville et Armand engagea la charrette dans les rues étroites, grouillantes de vie. On frôlait les étalages des commerçants, on poussait les passants à pied, on écartait les femmes qui discutaient âprement des tarifs. Enfin, on arriva jusqu'au hangar de Chamard où nous laissions la charrette. Je laissai donc seul Armand et le chien avant de m'aventurer en ville. Je n'allais pas voir mon ami. Je me faufilais dans les ruelles jusqu'au quartier juif ou je savais qu'on pratiquait l'usure. Il n'y avait pas de plaques aux murs et il me fallut demander dans la rue pour en trouver un. On m'indiqua une porte que je franchis. Dans l'intérieur sans lumière, un petit escalier en bois me désignait le chemin. En haut, je frappai à une porte. Une voix derrière demanda prudemment :

— C'est à quel sujet ?

— C'est pour échanger quelques bijoux dont je voudrais me débarrasser, demandai-je.

Une porte s'entrouvrit et dans l'ouverture, un œil méfiant apparut et me dévisagea de haut en bas. Je sortis de mes poches un ou deux bracelets et on me fit entrer dans une pièce sombre, encombrée d'objets et de livres divers. Sur un bureau, des parchemins et des livres de comptes prenaient tout le plan de travail et sur le coin une petite balance. Le juif à la barbe en pointe s'installa derrière son bureau avant de me faire assoir. Puis il demanda ce que j'avais à échanger. Je sortis mes bijoux modernes qu'il regarda avec une insistance méfiante faite d'expérience.

— Je n'ai jamais rien vu de tel, dit-il en détaillant chaque objet.

Il les pesa, les soupesa et les testa en tous sens. Il les plaça un par un délicatement sur sa petite balance et finit par me proposer un prix. Je ne dis rien et restais un moment à le regarder dans ses yeux malicieux. Doucement, je levai la main en signe d'insuffisance. Il fit semblant de réexaminer mes bijoux et montant quelque peu le prix. Je ne répondis toujours pas et fis le même signe de la main. À ce geste, il sourit légèrement.

— Ces bijoux sont invendables tels qu'ils sont. Ils ont certes de la valeur, mais je ne peux rien en faire. Je ne peux que les fondre ce qui fait perdre la valeur du travail.

— Justement, ils sont rares, ce qui augmente leur valeur, répondis-je.

Devant un autre refus, je n'insistai pas et acceptai sa dernière offre. Il dodelina de la tête de contentement.

— Je peux placer tout ou une partie de votre bien pour le faire fructifier. Je peux dans quelques mois presque doubler votre placement.

J'acceptai pour une partie de la somme et reparti avec l'autre moitié, un papier signé et le sourire agréable du tenancier. Je compris à la mesure de son amabilité qu'il avait fait une bonne affaire. Mais il m'importait d'avoir un peu de fond pour faire face à toute éventualité. Je plaçais mon argent dans ma bourse que j'attachai fermement à ma ceinture.

Puis je me dirigeai vers la maison de mon ami. Je frappai à la porte et ce fut Ysabéa qui m'ouvrit. Elle me sourit en me voyant et après m'être fait rentrer elle m'entoura de ses bras.

— Enfin, c'est vous ! dit-elle. Je me languissais de vous voir.

— J'avais hâte aussi de vous retrouver.

Et je l'embrassai tendrement. Cependant, elle se dégagea rapidement.

— On pourrait nous surprendre, dit-elle toute honteuse. Mais quelle est la raison de votre visite ?

— J'ai peut-être une bonne nouvelle pour nous deux, mais ce sera à votre père d'en décider. Puis-je le rencontrer ?

— Oui, il se trouve à l'étage. Il s'apprête à manger. Mais pourriez-vous m'en dire plus sur cette nouvelle ?

— Eh bien, accompagnez-moi et vous saurez.

Elle me fit monter à l'étage où maitre Chamard s'attablait. Il se releva en me voyant.

— Ah, mon cher de Panisa, quel plaisir de vous voir ! J'allais m'attabler. Voulez-vous partager mon repas ?

— J'accepte avec grand plaisir. Nous pourrons parler plus à notre aise le ventre plein.

— Comme je vous comprends, dit-il en riant. Asseyez-vous et prenez vos aises.

Je pris une chaise pour m'installer à sa droite. Il me servit du vin et nous trinquâmes. Puis, en guise d'amuse-bouche, il me découpa des bouts de saucisses et m'invitant à les manger, pendant qu'il en enfournait trois ou quatre morceaux dans sa bouche.

— Alors, dit-il la bouche pleine. Maintenant que nous avons un peu rempli notre panse, dites-moi la raison de votre venue.

— Je suis venu pour parler mariage.

Ysabéa, non loin, tendit l'oreille. Chamard fit une petite grimace m'indiquant un refus à priori. Mais je poursuivis comme si de rien n'était.

— Ces jours derniers, plusieurs évènements ont quelque peu changé la donne.

Je sortis mon papier et le contenu de ma bourse que j'étalai sur la table.

Maitre Chamard ouvrit de grands yeux éblouis par la richesse étalée devant lui.

— D'où tenez-vous tout cet argent, demanda-t-il ?

— Mais de mes fonds propres, répondis-je d'un ton assuré.

Il me regarda d'un air dubitatif, mais me laissa continuer.

— Voici également un placement que j'ai fait récemment pour pérenniser ma petite fortune. Je ne suis pas encore tout à fait riche, mais je vais le devenir avec votre aide puisque je compte également placer de l'argent chez vous. Je sais que vous êtes un excellent homme d'affaires. Je vais acheter pour vous de la marchandise que vous revendrez en échange d'une commission.

— Tout cela est fort intéressant, mais le mariage ? demanda-t-il.

Pendant ce temps-là, Ysabéa s'empressait d'aller et revenir à la cuisine pour porter les plats. Aussi étonnée que son père de ma subite fortune, elle ne voulait pas échapper à la conversation.

— Vous vouliez que votre fille épouse un homme fortuné. Maintenant que j'ai un peu d'argent et que celui-ci va prospérer grâce à vous et à mon placement, ma richesse ira en augmentant et donc je suis devenu à vos yeux un prétendant acceptable.

Je jetai un œil du côté d'Ysabéa qui déjà trépignait de joie dans son coin. Pourtant, maitre Chamard, à la vue de mon argent et de mes projets, resta dubitatif plus que je ne l'aurai cru. Ysabéa s'en rendit compte également, ce qui doucha un peu son bonheur.

— En effet, je vous ai toujours préféré au prévôt, ne serait-ce que par la vie que je vous dois et l'amitié que j'ai pour vous. Cependant, il y a encore pour vous un obstacle.

— Lequel ? demandai-je inquiet.

— Le fils d'un marchand, que je connais fort bien puisqu'il fut échevin de la ville. Son fils, disais-je, est en âge de se marier. J'ai invité la famille pour un repas de présentation à la maison. Je ne vous cache pas que c'est un parti encore plus intéressant. Plus intéressant que le prévôt. Cependant, il faut que je juge du bonhomme, car le père ne fait pas toujours le fils. Si mon ami est un bon marchand, je ne sais pas si le fils pourra lui succéder dignement. La ruine peut vite arriver si les affaires sont mal conduites. Aussi je veux juger du caractère de l'héritier.

Ces paroles me soulagèrent à moitié. Le prévôt étant apparemment écarté, l'autre prétendant sera plus dur à l'être.

— Mais, ne vous en faites pas trop à l'avance, me dit Chamard voyant mon air déçu. Je vous ferai part de mon avis le plus tôt possible. Rentrez chez vous et dormez sur vos deux oreilles en attendant le résultat. Car la petite richesse subite que vous venez de me présenter me prouve que vous devez être assez doué vous aussi. Et je préfère négocier avec un homme sûr.

Je quittais maitre Chamard non sans avoir fait mes adieux à Ysabéa. Je rejoignis Armand qui m'attendait ainsi que Fortune qui remuait la queue en tous sens pour signifier la joie de me revoir. Une joie immense à en juger par sa façon de tourner autour de moi en jappant, comme si j'avais disparu depuis des jours. Armand ne dit rien. Il ouvrit les portes en grand et fit donna un petit coup de fouet sur les chevaux pour les réveiller. Nous quittâmes la ville en début d'après-midi dont la chaleur rendait pénible le chemin. Et arrivé à la maison en sueur, je commandais un baquet d'eau fraiche.

Le soir, je mangeais dehors, Armand m'ayant aidé à sortir la lourde table. Mes petits serviteurs ne s'étonnaient plus de mes habitudes qu'ils trouvaient fantasques. Cette petite mésaventure me mina quelque peu le moral. J'avais péché par naïveté. Moi qui pensais éblouir Chamard avec mon argent, je me trompais. Le personnage était moins vénal que je ne le pensai. Le potentiel du bonhomme dans les affaires importait davantage qu'un matelas confortable.

La température baissant, il faisait bon de rester dehors dans la douceur du soir à regarder les mésanges ou les hirondelles voltiger de-ci de-là. Et plus loin sur le chemin, des lapereaux s'aventuraient hors de leurs terriers. Puis soudainement, les lapins qui sautillaient dans l'herbe tranquillement regagnèrent les fourrés de leur saut rapides. Un homme apparut accompagné par deux autres. Je comprenais maintenant la raison de leur empressement à se cacher. Les trois hommes marchaient dos au soleil couchant et je ne distinguais que leur silhouette. Mais au fur et à mesure qu'ils avançaient, je reconnus le prévôt. Ils me virent également. Mais si les deux hommes ne me prêtèrent guère attention, lui me dévisageait avec étonnement. Il s'arrêta même de stupeur. Et après un moment, il reprit sa route non sans rallonger le pas. Je regrettais de m'être exposé dehors à la vue de n'importe quel passant. J'avais oublié que précédemment, je suis tombé du haut de la falaise. Maintenant, il va s'empresser de narrer sa découverte au seigneur de Rancon.

— Ils vont venir bientôt et peut-être cette nuit pour m'assassiner, pensai-je. Ils voudront en finir une bonne fois pour toutes.

J'appelai Armand qui vint aussitôt.

— Trouve-moi un épouvantail et amène-le ici.

Il me regarda avec de grands yeux, mais ne dit rien et partit au bout d'une légère hésitation. Il revint deux heures plus tard alors que la nuit était déjà tombée. J'avais l'intention de me servir de ce mannequin comme piège,

— Je n'ai pas pu en ramener un. Il est trop tard. Mais demain, je sais où en trouver.

— Bon, ça ne fait rien, dis-je. Cette nuit, il y aura peut-être de la visite. Alors, sois prudent. Va dormir dans le grenier avec la Bounine et condamne la trappe. Prends-toi un solide bâton. On ne sait jamais.

— Et vous seigneur ? Qu'allez-vous faire ?

— Rien. Il est trop tard pour aujourd'hui. Mais je vais barricader les portes et fermerais bien les fenêtres. Si on rentre, je serai averti par le bruit.

Il s'inclina rapidement et partit sans un mot. Je ne couchai pas dans ma chambre. Je m'installai à même le sol dans le salon après avoir bien barricadé la maison.

J'eus bien du mal à m'endormir. La nuit se passa sans incident. Je me réveillais et ouvris les volets. Le soleil était bien haut. Je regardais dans le jardin, mais il n'y avait rien de particulier. Après avoir passé en revue toutes les pièces du bas, je constatai que personne n'était venu cette nuit. Je pris mon édredon pour le mettre dans ma chambre. Mais dans l'escalier, je vis Armand assis, complètement endormi en travers des marches. Un bâton gisait à ses côtés. Je le pris dans les bras et l'allongeais dans mon lit. Le brave petit voulait me défendre contre les bandits au risque de sa vie. Je me demandais où se trouvait sa petite fiancée et je montais au grenier. La trappe correctement fermée m'empêchait d'accéder tout en haut. Il avait suivi ma recommandation pour mettre à l'abri la Bounine. Je redescendis pour me préparer moi-même mon petit déjeuner. Je m'installai dehors, mais avec mon épée près de moi.

Plus tard, Armand descendit en vitesse me voir.

— Seigneur, vous m'avez mis dans votre lit ! s'exclama-t-il moitié honteux, moitié ravi.

— Tu ne crois pas que j'allais te porter jusqu'à ton lit ? C'est beaucoup trop loin.

— Mais seigneur…

— Ne t'inquiète pas pour si peu, le coupai-je.

— Personne n'est venu cette nuit, alors ? demanda-t-il comme s'il avait failli à son devoir.

— Rassure-toi, personne n'est venu. Par contre, s'ils ne sont pas venus cette nuit, ils viendront aujourd'hui. Ne va pas chercher l'épouvantail comme je t'ai demandé. J'ai une bien meilleure idée. Puisqu'ils veulent venir, laissons-les. Nous ferons de même. Nous irons chez eux. Armand, prépare pour ce soir une pelle, une pioche, un grand sac, et pour la Bounine et toi, un bâton. Dis-lui de venir.

— Bien, monsieur, dit-il en courant.

Cinq minutes plus tard, elle vint vers moi.

— Vous m'avez fait demander ?

— Assurément. Cette nuit, nous allons fouiller la maison de quelqu'un. Il va falloir marcher dans le noir. Prépare à manger, à boire, des torches. Et j'aimerais que tu t'habilles en homme.

Elle ouvrit les yeux et prit un air effrayé.

— Mais ce n'est pas possible ! C'est interdit ! Si je me fais prendre, je risque le pilori.

— Tu pourras marcher longtemps avec cette robe ?

— Oui, seigneur, ne vous en faites pas.

— Bon d'accord, reste comme ça et va préparer ce que je t'ai demandé.

Elle acquiesça soulagée de ne pas avoir à se changer et elle partit rapidement.

Le soir vint et notre expédition n'attendait que la nuit pour débuter. J'avais fait une bonne sieste pour être en forme la nuit et quand elle vint, je pris le sac, allumai les torches et partîmes sur le chemin suivi de Fortune qui, joyeux de cette promenade surprise nous escortait sur la route.

Nous marchâmes longtemps en silence jusqu'à ce que la Bounine me demanda doucement :

— Mais où allons-nous ainsi, monsieur ?

— Puisque le prévôt veut aller chez nous, nous allons chez lui. C'est de bonne guère non ?

— Mais qu'allons-nous faire ?

— Si tout se passe comme je l'espère, nous allons à la recherche d'un trésor.

— Un trésor ? s'exclama-t-elle trop fort dans le silence de la nuit.

— Oui da ! Maintenant chut !

Armand savait où il habitait et devant nous, la torche en avant, il nous guidait sûr de lui à travers les sentiers. Nous avions pris le chemin le plus long pour être surs de ne pas le rencontrer, ce qui allongeait notre voyage de deux heures supplémentaires.

Arrivés enfin non loin de sa maison, nous nous arrêtâmes pour nous reposer un peu, manger et boire ce que nous fîmes sans bruit. Si le jour le bruit de la civilisation couvrait celui de la nature, la nuit, les animaux prenaient leur revanche sur les hommes. On entendait outre le hululement des chouettes, le hurlement lointain d'un loup ou près des hameaux des chiens qui aboyaient sans cesse et de temps en temps une vache qui meuglait, sans compter les grenouilles qui croissaient à qui mieux mieux dans les multiples mares de la région. La nuit était emplie du vacarme infernal des animaux.

Après notre repas, nous reprîmes la route, un peu fatigués tout de même. Nous arrivâmes enfin devant chez le prévôt. Il n'y avait pas de lumière. La maison endormie m'encouragea à pénétrer. Je craignis que le prévôt nous tendît un piège et qu'il nous attendît de pied ferme, peut-être accompagné de quelques sbires. Avant d'aller plus loin, je restai immobile à tendre l'oreille un bon moment. Seul le cri d'un hibou au loin et le jappement d'un chien vers le hameau voisin perturbaient la nuit.

— Armand, chuchotai-je, éclaire le sol. Il y a peut-être des pièges à loups. Marchons à la queue leu leu.

Ma petite troupe me suivit, en se cachant derrière moi pendant que je posai le plus doucement possible mes pas sur le sol. Nous traversâmes un jardin. J'eus peur qu'on nous attendît à cet endroit et je respirai quand, arrivé au milieu, personne ne se manifesta. Pas à pas, nous suivîmes une allée qui nous mena à la porte d'entrée sans encombre. L'huis s'ouvrit sous la pression de ma main et j'éclairai doucement l'intérieur.

J'écoutai attentivement à l'affut du moindre bruit. Lentement et prudemment, nous parcourûmes chaque pièce de la maison. Personne ne nous attendait. Dormait-il paisiblement ? Je me dirigeai jusqu'à la chambre. Très lentement, je poussai la porte en écoutant un éventuel ronflement ou respiration. Comme je n'entendais rien, je mis un pied à l'intérieur suivi d'Armand et la Bounine qui se collait à lui. Il me passa une torche et j'éclairai la chambre. À ce moment, Fortune déboula comme un diable de sa boite et sauta sur le lit. Je sursautai. J'éclairai le lit, mais par bonheur, il n'y avait personne. Rassuré, je dis tout haut :

— J'en étais sûr. À cette heure, ils sont chez nous. Maintenant, fouillez toute la maison et donnez-moi tout manuscrit que vous trouverez. Fouillez les malles, sous les lits. Toi, la Bounine, cherche un trou dans le mur, une cache. Cherche derrière les cadres ou au-dessus du linteau de la cheminée s'il n'y a pas une pierre qui bouge.

Nous fouillâmes partout et ce fut dans le grenier en ouvrant un coffre que je vis des manuscrits. Je regardai de plus près. C'étaient des livres de comptes. Je le savais. Un renard comme lui devait savoir gérer ses affaires. Il ne pouvait y avoir de hasard. Encore mieux. Il ne cachait rien ; ni ce qu'il prenait ni la part qu'il rendait à ses patrons.

J'appelai la Bounine et vidai le coffre pour y mettre tous les papiers et je redescendis. Fortune, tout heureux de donner de la truffe dans tous les recoins de la maison, balançait sa queue de contentement. Mes petits serviteurs ne trouvèrent aucune cache, ce qui ne m'étonnait guère. Il devait avoir l'habitude de bien cacher son petit trésor. Nous n'avions pas le temps en une heure de procéder à une fouille qui ne servirait à rien. Je gageai que sa planque devait être introuvable. Mais j'avais ce qu'il me fallait et j'ordonnai le départ. Une fois dans le jardin, j'éclairai avec ma torche les environs de manière moins discrète. À part un potager, il n'y avait rien sauf un petit ornement près du mur. Nous prîmes le chemin du retour, mais après avoir fait quelques mètres hors de la maison, je m'arrêtai.

— Retournons, dis-je.

Je revins sur mes pas et j'éclairai la sculpture placée au pied du mur.

— Armand, demandai-je. Tu sais ce que c'est ça ?

— Non, seigneur, répondit-il.

— Eh bien, à mon avis, c'est une cachette. Soulève la statue.

Armand s'exécuta et il put facilement soulever la petite stèle. J'approchai la torche. Il y avait un trou aménagé et enduit à la chaux au fond duquel un coffre en bois était caché. Je soulevai le coffre et le jetai dans le sac sans avoir regardé le contenu. Je mis le sac derrière mon épaule.

— Replace la statue et filons maintenant.

Nous reprîmes le même chemin dans le noir, seulement éclairé de nos torches avec moins de précautions qu'à l'aller.

Notre pas plus rapide qu'à l'aller dénotait une envie pressante de rentrer se reposer. Seul le chien allait vaillamment de droite à gauche reniflant tout à son passage, heureusement sans aboyer. Le sac bien lourd me pesait et au bout d'un moment, je demandai à Armand de le porter.

Nous arrivâmes non loin de chez nous quand, dans le noir, à travers les buissons, je crus apercevoir voir une lueur dans l'obscurité.

— Vite ! Éteignez les torches. Cachons-nous.

La Bounine qui avait une torche avec un réflexe rapide écrasa la sienne par terre. Je fis de même avant de nous engouffrer dans les bois.

— Allongez-vous, chuchotai-je.

Nous restâmes sans un bruit un petit moment. J'ai dû avoir eu une vision, car rien ne se passait. J'eus la prudence d'attendre encore un peu. Tout à coup, à la sortie d'un virage, les bois s'éclairèrent et des pas se firent entendre dans la nuit. Je retins mon souffle. Mais soudain, je pensai à Fortune. Où était ce chien ? « Il va nous trahir. », pensai-je. Du regard, je fouillai les alentours, mais je ne voyais pas ce stupide animal. Maintenant, on distinguait les silhouettes. Trois hommes marchaient rapidement sur le sentier. Ils ne parlaient pas. Puis je vis nettement le prévôt qui passait juste devant nous. Ils ne portaient qu'une torche et avançaient sans bruit. Ils allaient s'éloigner quand Fortune sortit des fourrés et se trouva nez à nez devant eux. Aussi surpris qu'eux, le chien stoppa net sa promenade. Je serrai les dents.

— Nous sommes fichus, pensai-je.

Par bonheur, mes deux complices restèrent silencieux et attendaient la suite des évènements. Les trois hommes arrêtèrent leur course, stupéfaits par l'apparition de cette bête. Le chien les regardait en remuant la queue, puis timidement, se rapprocha pour leur faire la fête comme s'il avait rencontré de vieux amis.

— C'est le chien de Panisa, dit le prévôt.

— Que fait-il ici ? demanda l'un des hommes.

J'entendais parfaitement ce qu'ils disaient et je transpirais dans l'attente de la réponse. Ce maudit chien, je le détestais.

— Il est chez lui, répondit le prévôt. Ce maudit Panisa ne l'attache jamais. A-t-on déjà vu ça ? On devrait l'arrêter rien que pour ça. Si j'avais une fourche, je lui percerais la peau, cria-t-il entre ses dents.

— Bah ! Continuons, dit l'un des comparses. Nous reviendrons demain et nous nous vengerons.

Sans plus attendre, ils continuèrent leur chemin. Fortune les suivit un instant en remuant la queue, tout heureux d'avoir de nouveaux camarades.

— Mais que va nous faire ce chien ! pensai-je furieusement.

Le porteur de torche s'énerva et balança celle-ci sur le museau du chien qui pima de douleur et s'enfuit en courant.

— On se reverra demain, dit-il en riant.

Ils disparurent enfin dans la pénombre de la nuit. J'attendis encore quelques minutes avant de donner l'ordre de continuer.

— Nous n'avons plus de torche maintenant. Comment allons-nous faire ? murmura la Bounine inquiète.

— Restez derrière moi. Nos yeux s'habitueront à l'obscurité.

Les premiers pas furent mal aisés, mais à force, notre vue s'accoutuma et nous pûmes distinguer le chemin de terre. Heureusement, nous n'avions plus beaucoup de route et nous pûmes rentrer sans problème.

La Bounine chercha dans le noir les bougies et en alluma une.

— Vous êtes fatigué par cette expédition, dis-je, mais nous ne pouvons pas encore tout à fait nous reposer. Je vais mettre le sac dans la charrette. Dès demain, au chant du coq, nous partirons chez maitre Chamard. Armand dès ton lever tu atteleras le cheval. Allez vite dormir maintenant.

À la lueur d'une bougie, j'inspectais les pièces. Par bonheur, rien n'avait été bouleversé. Je partis me coucher tranquillement maintenant que tout danger était passé.

Le lendemain, comme prévu nous nous levâmes tôt, fatigués encore de notre longue et éprouvante marche.

Armand avait préparé la charrette et nous nous dépêchâmes de prendre la route.

— Pourquoi faut-il se lever de si bonne heure ? demanda la Bounine.

— Le prévôt va vite se rendre compte qu'il a été volé. Il va vite comprendre que n'étant pas chez moi cette nuit, c'est que je suis le coupable et il va vite revenir pour me punir. Sa vie est entre mes mains. Quand il s'apercevra que ses livres de comptes ont disparu, il sera dans une rage folle, car j'aurais avec moi son secret. Plus tard, il découvrira le vol, mieux cela vaudra pour nous. Maintenant, voyons ce que contient le coffre. J'ouvris le sac à l'arrière de la charrette et pris le petit coffre en bois. Mais celui-ci avait une serrure cadenassée.

— Nous attendrons pour connaitre le contenu. Mais je pense qu'il a accumulé là une partie de son trésor.

Je distribuai le reste nourriture que contenait le sac et nous mangeâmes de bon cœur le pain qui nous revigora.

Nous arrivâmes à la porte de la ville et je sortis un courrier que j'avais préparé.

— Armand, dépose-nous ici. Nous irons à pied. Toi, tu files chez le seigneur de Rancon lui donner ceci en personne. En personne, insistai-je. Tu nous retrouveras chez ton ancien maitre.

Je lui tendis le parchemin scellé à la cire de bougie. Surpris par cette demande, il prit tout de même le message sans rien demander en baissant la tête pour signifier qu'il avait compris.

Je pris mon épée et le sac qui contenait le coffre. Je pris un bâton que je donnais à Armand pour un éventuel besoin de protection. Je ne savais pas si le prévôt serait chez lui ou là-bas.

Armand s'éloignait pendant que nous franchissions les portes de la ville. Je laissai au passage un message pour le capitaine de la garde. La ville était toujours très animée le matin. Les charriots venaient et allaient transportant les marchandises au marché suivi des chalands allant faire leur course pour la journée. Nous nous frayâmes un chemin dans les rues encombrées, nous faufilant entre les mégères qui discutaient des prix aux artisans et des serviteurs qui portaient quelques charges à leurs maitres. Nous abordions enfin la place de cette bâtisse qui dans le futur deviendra Mairie.

À l'intérieur, des gardes me barrèrent le passage. Je demandais à voir Lonvageau de toute urgence. Heureusement pour moi, il était présent et me fit entrer. Là, je lui montrai le livre de comptes et le coffre en lui expliquant ce que je savais sur le gestionnaire du domaine du seigneur de Rancon. Je demandai que des dignitaires puissent assister à l'ouverture. Il demanda à ce qu'on fasse venir un ouvrier pour ouvrir le coffre. Et quand il vint, je demandai à ce qu'il fasse sauter la serrure sans rien ouvrir. Il s'exécuta et je lui donnai la pièce avant de le faire partir. Enfin, je soulevai le couvercle pour découvrir ce à quoi je m'attendais. Il était rempli de deniers et de livres tournoi et de quelques bijoux. Lonvageau et les témoins crièrent de stupéfaction.

— Voilà la preuve que le prévôt s'enrichit sur le dos de son maitre.

— Il y a de quoi s'acheter des terres, un château et vivre confortablement pendant des années, dit-il. Voilà des années et des années de vol sans scrupule.

Le capitaine des gardes arriva à ce moment-là.

— Rendez-vous chez le prévôt et arrêtez-le, cria-t-il au capitaine.

— Vous le trouverez certainement dans la demeure de campagne de Chamard, dis-je en pensant que s'il était au courant du vol, il filerait chez moi sans tarder.

On lui expliqua brièvement la situation. Il salua et quitta la pièce.

— Il faut prévenir le seigneur de Rancon, dit Lonvageau.

— Il ne devrait pas tarder lui non plus, affirmai-je.

Lonvageau me regarda d'un air étonné, mais ne dit rien. Tout le monde avait les yeux sur le trésor, sans oser le toucher. Je refermai alors le couvercle avant que la tentation ne devînt trop forte.

— Qu'allons-nous faire maintenant ? demanda un témoin.

— Nous allons attendre, répondis-je simplement.

Nous attendîmes une petite heure quand des cris troublèrent le silence de la pièce. La porte à double battant s'ouvrit brusquement laissant passer le seigneur de Rancon et sa femme, accompagnés de laquais et de deux soldats.

— Le voilà, c'est lui ! cria-t-il en me désignant du doigt.

— Arrêtez-le ! encouragea sa femme.

Lonvageau alla au-devant d'eux tentant de calmer leur fureur.

— Seigneur, allons, reprenez-vous. Il y a un malentendu que nous allons régler tout de suite.

— Un malentendu ! cria-t-il, mais c'est un voleur qui s'est introduit chez mon prévôt. Il lui a volé tout ce qu'il possédait.

— Je vous remercie de confirmer que c'est bien moi qui en effet me suis introduit chez lui pour voler.

— Le goujat ! Il ne nie même pas ! renchérit sa femme.

— Vous a-t-il dit ce qu'on lui avait volé ? demanda un des témoins.

— Quelques bricoles et des parchemins, mais quelle importance ? cria encore le mari.

— Son préjudice semble bien maigre, mais c'est pourtant vous, les maitres, qui vous déplacez pour prendre sa défense, alors que lui n'est même pas présent.

Le seigneur balbutia quelques mots surpris de l'évidence même de mon propos. Lonvageau prit la parole.

— En effet, il me semble que vous ne soyez pas au courant des agissements de celui que vous défendez tant. Pourtant, c'est bien contre lui que vous devriez tourner votre fureur et non contre de Panisa.

— Comment cela ? dit-il interloqué.

— Comme vous venez de confirmer, c'est bien de Panisa qui a pris ces objets en sa demeure. Longeaveau désigna les parchemins et le coffre de bois.

— Je ne sais pas ce qu'a dû vous dire votre prévôt, mais à l'heure qu'il est, il doit se faire du mauvais sang. En effet, ces manuscrits contiennent tous les prélèvements qu'il a réalisés. Il a consciencieusement noté tout ce qu'il prend, le montant de sa part et le produit qu'il vous verse.

— Regardez seigneur, reprit Lonvageau. Le bénéfice qu'il se fait sur votre dos. Il marque tout.

De Rancon voulu bien s'approcher et d'un geste dubitatif, tourna les pages vers lui.

— Regardez, dit Lonvageau.

Il lui désigna les chiffres qu'il devait voir. La curiosité augmenta et le seigneur se pencha davantage sur les pages. Petit à petit, il comprit l'objet du contenu et sa main se crispa. Il devint rouge. Il me regarda intensément l'air rageur. Et avant qu'il ne dise mot, je pris la parole.

— Voilà ce que j'ai volé chez lui. Je pris le coffre et l'ouvris devant ses yeux ébahis.

Sa femme poussa un cri.

— Qu'est-ce que c'est !

— C'est votre argent, dis-je.

Elle me regarda surprise, les yeux grands ouverts.

— Ce sont des faux ! s'écria-t-elle avec véhémence. C'est vous qui avez reporté tout ça pour nous tromper.

— J'aurais fait tout cela en une nuit ? demandai-je, alors que votre prévôt vous a dit qu'on l'avait volé juste cette nuit ?

— De plus dit Longeaveau, nous sommes témoins. L'ouverture du coffre s'est faite sous nos yeux. Nous ne pouvons nier la véracité de l'origine du coffre ni de son contenu.

La comtesse regarda l'assemblée l'air égaré et se rendit à l'évidence.

— Il nous a trompés dès le début, balbutia-t-elle.

Elle ferma les yeux et s'évanouit. Son mari juste à côté la retint avant qu'elle ne tombe.

— Une chaise vite ! cria Lonvageau.

On l'installa dessus et on lui fit sentir des sels.

— Mais vous, que cherchez-vous ? demanda de Rancon en me regardant avec force. Quel est votre intérêt dans tout ça ?

— J'ai en effet un intérêt, mais ça n'a rien à voir avec vous. Il est une menace pour moi aussi. D'ailleurs, il s'est servi de vous pour tenter de m'éliminer. N'est-ce pas ? demandai-je d'un air entendu à la femme de Rancon.

Je faisais allusion à l'épisode de Myrghèle. Elle comprit et baissa les yeux et son mari également. Son regard s'adoucissait. Ils comprirent alors leur méprise, bien entretenue par le serviteur. Ils se rendirent à l'évidence qu'il les flouait et les trahissait largement et que je n'avais que dénoncé ce fait. À ce moment de compréhension, ils purent me prêter une oreille attentive.

La matinée passa ainsi et je demandai à m'entretenir en privé avec le couple Rancon. Puis vers midi, j'allais voir maitre Chamard où m'attendait Armand.

Il m'accueillit comme d'habitude à bras ouvert et m'invita à boire un petit verre d'armagnac que j'acceptai avec bonheur.

Il s'installa confortablement et prit une mine grave.

— J'ai à vous parler.

— Je vous écoute, c'est à quel sujet ?

— Il s'agit de ma fille. Comme je vous l'ai dit, elle doit se marier et j'ai plusieurs prétendants et comme vous le savez bien, vous êtes sur la liste. Je ne vous cache pas mes motivations, vous les connaissez.

— Vous avez donc rencontré le fils du marchand à la suite de quoi vous avez fait votre choix, continuai-je à sa suite.

— Exactement. Et je suis fort aise que vous soyez venu aujourd'hui, ce qui me donne l'occasion de vous en parler. Mais sachez que, quelle que soit ma décision, vous resterez mon ami et j'espère que vous le resterez.

J'avais compris à ses paroles que je n'étais pas le favori et qu'il tenait à s'en excuser. Cependant, mon cœur commençait à battre, car j'avais peur du fils du marchand. Étant donné sa position sociale, c'était le meilleur des candidats.

— Maitre Chamard, les évènements qui nous ont liés seront impossibles à défaire quoi qu'il arrive.

Il poussa un soupir de soulagement, mais j'attendais avec anxiété sa réponse. Ysabéa entra à ce moment précis pour nous apporter la liqueur. Son père lui fit signe de rester.

— Ce que j'ai à dire te concerne Ysabéa. Eh bien, j'ai en effet pris une décision concernant le futur époux de ma fille.

J'ai finalement écarté le fils du marchand. En effet, celui-ci manque d'initiative et vit trop sur les acquis de son père. Il n'a pas la force d'un grand homme d'affaires.

Je fus soulagé. J'avais compris à quel point j'étais tendu, car j'en avais mal au ventre. Chamard ne vit rien de mon état et continua.

— Votre situation s'est améliorée, vous m'en avez apporté la preuve. Cependant, vous êtes encore sans terre et sans héritage. Malgré tout le bien que je pense de vous, vous savez que je tiens à assurer l'avenir de mes petits-enfants.

— Ce sentiment est tout à fait normal, dis-je ravi et impatient d'entendre la suite.

— Aussi, j'ai décidé de donner ma fille au prévôt du seigneur de Rancon.

Ysabéa s'évanouit. Je la pris dans mes bras et la portai pour mieux l'installer, pendant que Chamard appela sa femme pour lui venir en aide. Quand elle se remit, elle parla d'une voix faible.

— Mon père, je vous en prie, ne me faites pas épouser le prévôt.

— Mais bien au contraire, intervins-je. Vous avez fait le meilleur choix. Qu'il en soit ainsi, maitre Chamard, je vous en félicite.

Ysabéa me regarda ouvrant grand la bouche et les yeux de stupeur.

— Mais comment pouvez-vous dire cela ? comment pouvez-vous être satisfait de ce choix !

— J'en suis ravi bien au contraire, ma chère, répondis-je, car le prévôt, c'est moi.

Chamard en faillit tomber de sa chaise.

— Mais comment cela ! Comment est-ce possible ? Mais que me racontez-vous là ?

— Mon cher, comme je vous l'ai dit, j'ai remplacé ce matin même le prévôt qui à l'heure qu'il est, est soit en fuite, soit en prison. La place étant vacante, j'ai demandé le poste et je l'ai obtenu. Avec âpres explications certes, mais après bien des arguments, j'ai fini par convaincre les Rancon de m'employer. Donc, mon cher, je suis heureux de votre choix et d'être votre futur gendre.

Il n'en fallut pas plus à Ysabéa. Elle me sauta dans les bras en pleurant de joie et de soulagement. Son avenir, son bébé, ses amours, sa réputation, bref sa vie était sauvée.

— Enfin, mon cher, comment est-ce possible ?

— Je vais tout vous raconter, mais d'abord, ma chère Ysabéa, servez-nous ce petit armagnac tant promis et qui nous fera du bien.

— Mais bien sûr, dit Chamard. Sers-nous vite que de Panisa nous raconte son histoire.

Nous bûmes une gorgée et je racontai comment j'avais compris que le prévôt volait ses maitres et comment avec ma petite équipe nous sommes allés chez lui pour aller voler les preuves.

— J'ai donné un message à Armand pour le porter au seigneur de Rancon lui demandant de venir en urgence en ville, en indiquant que j'avais floué leur gestionnaire.

Ils n'ont pas trainé et arrivés là-bas, avec des témoins, nous avons fait la démonstration des forfaits de celui-ci. N'ayant plus de prévôt, et moi, n'ayant pas de demeure, je leur ai demandé de m'employer et de loger dans sa maison. Ils n'ont certes pas accepté tout de suite étant donné l'empressement de ma proposition, mais j'avais quelques secrets que je connaissais et ils ont dit oui. Cependant, je les ai rassurés sur nos secrets en disant que j'étais le meilleur gardien de leurs affaires, car en ne les dévoilant pas, je me protégeai moi-même. Bref, à force d'arguments, ils ont fini par être d'accord. Surtout que, grâce à moi, ils sont subitement devenus très riches, leur ayant restitué l'or du voleur. Donc me voilà avec une demeure, un avenir et de l'argent. Maitre Chamard, je tiens à me marier le plus tôt possible.

— Mais, dites-moi encore, comment saviez-vous qu'il écrivait les montants des sommes perçues ?

— Mais, je ne le savais pas. Cependant, je me doutais qu'il cachait au moins de l'argent. J'ai joué le tout pour le tout.

— Votre intuition ne vous a pas fait faux bond. Vous avez eu de l'audace et du sens de l'initiative. Vous serez un très bon gendre, j'en suis certain. Vous auriez fait un très bon marchand. Je suis doublement heureux que vous deveniez mon gendre, mais une dernière question. Comment une personne de noblesse comme vous peut-elle accepter un poste de… enfin un tel poste.

— Mon cher Chamard, comme vous le savez, je n'ai pas mon titre de noblesse et puis je n'ai plus de terre non plus. Alors je préfère être un bourgeois riche comme vous, qu'être un noble désargenté. Et puis, qui ira dire que je suis noble ? Personne ici ne me connait. Je garde mon titre en secret. Ainsi, maitre Chamard, vous aurez tous les avantages en me donnant votre fille. Votre descendant sera noble et aisé.

Ysabéa pleurait de joie. La femme de Chamard arriva sur ce fait et quand elle apprit les projets de notre mariage, elle pleura également, mais elle, soulagée pour sa fille, car elle était détentrice du lourd secret que sa fille portait.

Ainsi, nous passâmes l'après-midi avec Chamard et sa famille que je quittai avec ma petite troupe vers le soir.

Le retour sur la charrette qui nous ramenait à la maison était aussi léger que l'air de cette douce soirée d'été. Je n'avais pas envie de retourner au XXIe siècle maintenant que j'avais trouvé l'amour et que j'allais être père. Et puis ma nouvelle fonction me convenait tout à fait puisque j'allai pouvoir vivre confortablement ici-bas, grâce à l'or que j'avais ramené de mon époque. Et puis, savoir que Chamard allait marier sa fille à un noble n'était pas pour lui déplaire, bien au contraire. Même si je n'étais plus reconnu comme tel, cela flattait quand même son égo.

Le soir, je me couchai tôt. Tous ces évènements m'avaient épuisé. Pourtant, je ne trouvais pas le sommeil, tant j'étais excité à l'idée d'épouser bientôt Ysabéa. Je me levai et allai profiter de la douceur du soir. Je fis quelques pas et m'installai sur les marches du perron à regarder les hirondelles voleter au-dessus de moi.

Armand et la Bounine apparurent alors. Cependant Armand, qui d'habitude n'hésitait pas à me parler franchement, s'approchait timidement et n'osait pas prononcer un mot. Comme il restait là sans rien dire, je pris la parole.

— Alors, qu'avez-vous à me dire ? Pourquoi vous restez plantés là comme deux poireaux ?

— Bien, c'est que monsieur, commença la Bounine, c'est gênant à dire.

— Gênant ou pas, il faudra bien vous décider. Est-ce si grave que cela ? Vous avez commis la bêtise de votre vie et vous méritez le fouet ?

— Non, non, rien de tout cela, dit Armand. Non, c'est autre chose.

— Bien, j'écoute, dis-je.

Comme Armand ne disait rien, la Bounine lui donna un petit coup dans les cotes pour le décider.

— Ben, voilà. La Bounine et moi, nous voulons nous marier, annonça-t-il inquiet.

Je ris à cette annonce.

— Eh bien, voilà une bonne chose, depuis le temps.

— Comment ça depuis le temps, demanda inquiète la Bounine.

— Vous croyez que vos amourettes restaient inaperçues. Tout le monde le savait. Bon quel est le problème ?

— Ben, répondit la Bounine à la place d'Armand. C'est que nous n'avons pas de biens et depuis que mon père m'a abandonnée, je n'ai plus de dot non plus.

— Alors que faisons-nous ? demandai-je en prenant un air grave.

— Je ne sais pas comment nous allons faire. Nous sommes malheureux, car nous ne pourrons jamais avoir un bien ni rien. Nous vivrons dans le péché toute notre vie. Je ne sais pas si le seigneur nous pardonnera. Car si nous ne pouvons nous marier, ce n'est pas de notre faute, dit la Bounine les larmes aux yeux.

— Ne pleure pas, dis-je. Dieu vous entend et protège les bonnes âmes. Le trousseau, c'est Ysabéa et moi qui vous le donnerons. Et puis vous aurez une petite maison que je vous ferai construire près de chez moi, car j'espère que vous voudrez bien rester à mon service.

— Oh oui, seigneur ! plus que tout au monde, je ne voudrais vous quitter. Merci pour tout.

La Bounine, dans ses larmes de bonheur, ne put s'empêcher de me prendre dans ses bras.

J'appris quelques jours après que le prévôt ainsi qu'un complice furent arrêtés et pendus sur la place publique après être passés aux aveux. On pouvait comparer la rapidité de la justice avec celle de notre époque. Maitre Chamard insista pour que j'assiste à l'exécution, spectacle prisé à l'époque, mais mon cœur de contemporain refusa de voir une mise à mort. Le gestionnaire mort, il ne pouvait plus passer dans le XXIe siècle pour se marier avec la fille de Panisa. Si je tombais de la falaise, il ne serait plus là pour me retenir. Il fallait donc que je continue ma vie au XIIe siècle. Pour moi, même si je perdais le confort des canapés moelleux, je gagnai en amour.

Un mois plus tard, comme prévu, je me mariais avec Ysabéa qui emménagea dans ma nouvelle demeure. Nous eûmes un fils puis, plus tard, une fille. À mon fils, je lui appris le maniement de l'épée et du tir à l'arc, bien que ces pratiques fussent réservées à la noblesse. Sans école en ce temps-là, je m'improvisais instituteur en me remémorant mes souvenirs de classes et le matin, je donnais la classe à mes deux enfants. Son parrain, maitre Chamard, lui enseigna l'art du commerce. Il le prit sous son aile et il put devenir marchand. Quant à ma fille, ne pouvant exercer de métier, elle se maria avec le fils d'un hobereau désargenté qui, grâce à son éducation, put remettre en valeur son patrimoine et le faire sortir de sa pauvreté en congédiant le prévôt et le remplaçant par un autre qu'elle contrôlait ainsi que sa comptabilité. Devenue noble, ma fille fréquenta les Rancon et les autres seigneurs de la région. Finalement, j'oubliai le confort moderne assez rapidement et je vécus dans le luxe pour cette époque. Je possédais suffisamment d'argent pour me permettre les services d'un peintre qui pour la postérité et la plus grande joie de mon futur ascendant, du moins je le présumai, peignit toute la famille.

Imprimé en France
Achevé d'imprimer en juillet 2021
Dépôt légal : juillet 2021

Pour

Le Lys Bleu Éditions
40, rue du Louvre
75001 Paris